L'Ystoire de Eurialus
vrays amoureux, sel

Pope Pius II

(Translator: Octavien de Saint-Gelais)

Alpha Editions

This edition published in 2024

ISBN : 9789362515810

Design and Setting By
Alpha Editions
www.alphaedis.com
Email - info@alphaedis.com

L'ystoire de eurialus et lucresse. vrays amoureux. Selon pape pie.

En l'onneur de la saincte trinité

Louenge de vous charles roy treschrestien

De latin en françois j'ay translaté

L'ystoire du tresfort amoureux lien

D'eurialus et de lucresse le maintien

Que en amours ont eu durant leur vie

Ainsi que l'a descript ou temps ancien

Eneas silvius nommé pape pie

Bien licite est a l'omme humain

Aprés devote contemplation

Soy occuper a prendre soir et main

Au monde aucune recreation

Car selon commune opinion
Tousjours prier n'est pas necessité
Mais passer temps en bonne operation
Et eschever du tout oysiveté
Yci pourra vostre royale majesté
En lisant par maniere d'occupacion
Prendre soulas & aucune felicité
Voyant d'amours la condition
L'orrible peine et la tribulation
Les perilz et forfaiz maleureux
Et aussi la misere et affliction
Que ont souvent les povres amoureux
Prince souverain par ta benignité
Aux povres amans donne leur allegence
Sur tous entretien en prosperité
Charles .viii. trescrestien roy de france

Traicté tresrecreatif et plaisant de l'amour indicible de eurialus et de lucresse composé par le pape pie avant la papauté nommé enee silvye et translaté de latin en françois

Urbem senas intranti sigismundo cesari &c.
Chascun peut bien facilement sçavoir
Car c'est chose pres que par tout commune
Comme l'empereur sigismundus pour voir
Victorieux par le don de fortune
En la cité dont je suis opportune
De senes fut recueilly noblement
Lors se loua sur toutes cités de une
Qui le receut treshonnorablement

Palatium illi apud sacellum sancte marthe &c

Pres l'eglise saincte marthe on dressa
Sur la rue qui maine proprement
Vers la porte estroicte des pieça
Ainsi dicte/ ung palais richement
Acoutré fut moult honnorablement
Ainsi que affiert a si noble empereur
On ne sauroit narrer entierement
De ce palays/ le triumphe et honneur

Comment cesar entre en la cité et eut devant luy sur le chaffault quatre nobles dames qui le receurent

Venit sigismundus quatuor maritatas &c.
Quant l'empereur cesar arrivé fut
Au lieu si bien paré que rien n'y fault
Sa majesté au devant de luy eut
Quatre dames de noble estat et hault
Gentes de corps parees sans nul deffault
A la gorre et plus que grant possible
De grant joye tout le cueur luy tressault
Quant aperçoit chose a dire impossible

Si tres duntaxat fuissent &c.
Se les dames n'eussent esté que trois
Licitement on eust peu dire d'elles
Vecy les trois deesses affin chois
Que paris vit quant vist les tresbelles
Dame juno/ pallas/ et avecques elles
Il vit venus qui sur toutes luy pleut
Sigismundus n'eust eu joyes moins parelles
En les voyant que des quatre lors eut

Forma ornatu etateque pares &c.

Forme pareil age ornement avoient
Les plaisantes dames dessus nommees
Et pres que en tout/ elles s'entresembloient
Tant estoient cointes et atournees
On ne pourroit pas a longues journees
Si grans beaultés souffisamment descrire
Mais touteffoys quant bien sont avisees
Une seule peut pour toutes suffire

Comment l'empereur prenoit grant plaisir a ouyr diviser les dames

Erat sigismundus licet grandevus in libidinem pronus &c

Sigismundus de sa propre nature
Qui ja tresviel et ancien estoit
Les voluptés charnelz eut en cure
Et des dames voulentiers escoutoit
Le beau parler tresfort s'i delectoit
Rien plus plaisant ne luy fut en ce monde
Icelles voir grandement desiroit
En contemplant leur beaulté & faconde

Comment l'empereur descent de son cheval et fut recueilly des dames & des louenges qu'il fait d'elles a ses barons

Ut ergo has vidit desiliens equo

Quant l'empereur cesar eut advisé
La noblesse des quatre damoiselles
De son cheval descendre a proposé
Entre leurs mains bien fut recueilly d'elles
A ses barons qui visoient les merveilles

Et grant beaulté des dames dessusdictes
Dist en riant veistes vous onc pareilles?
Certes croiés que oncques telles ne veistes

Ego dubius sum an facies humane sint angelicive vultus &c.
En doubte suys seigneurs se elles ont
Face humaine/ ou visaige angelique
Celestielz faces certes elles ont
Comme s'ilz avoient nature deifique
Vergongneuse maniere mirifique
Les yeulx embas regardans simplement
Pour leur beaulté & face almifique
Croistre/ elles avoient simple contenement

Sparso nanque inter genas rubore
Elles avoient en leurs joes tel couleur
Comme d'inde le blanc yviere a
Quant sa blancheur de vermeille liqueur
Est coulouré ou que le lis a
Quant aux roses vermeilles sa sorte a
Tresbien leur siet c'est avenante chose
L'imperial majesté moult prisa
La grant beaulté que en leur face est close

Comment lucresse estoit la plus belle desdictes quatre dames

Precipuo tamen inter eas nitore lucressia fulsit &c
Et ja soit ce que toutes quatre fussent
Si tresbelles que souhaiter on peut
Touteffois ceulx qui bien visees les eussent
Facilement/ quant l'oeil bien viser veut
Eussent esleu celle qui trop plus pleut

A l'empereur cesar/ c'estoit lucresse
Qui de beaulté lors plus que humaine eut
Elle sembloit sur les autres deesse

Adolescentula nondum viginti annos nata in familia camilorum &c.
Encor vingt ans lucresse pas n'avoit
Mariee lors a menelaus
Riche puissant de grant lignee estoit
D'amourettes moins garni que d'escus
Digne n'estoit/ ains fut ung vray abus
Qu'on luy donnast si plaisant damoiselle
Tel a des biens et assés de quibus
Qui n'est pas digne d'avoir jeune pucelle

Comme lucresse estoit mal mariee quant au personnage

Sed digno quem uxor deciperetur quasi cervum cornutum redderet &c
De estre trompé son mari estoit digne
Et que on lui fist comme a un cerf cornes
D'ung vray cocu portoit assés la mine
De amouretes ne congnoissoit les bornes
Pour faire hars de genest ou viornes
Plus propre estoit que de avoir belle dame
Pour que au blason longuement ne sejournes
Peu lui chaloit s'en ce avoit los ou blasme

Comment lucresse estoit belle dame & la descripcion de sa beaulté

Statura mulieris eminentior reliquis &c.
Lucresse estoit assés haulte sur bout
De stature estoit tresavenante
Cheveulx avoit si copieux que tout

Le corps couvroient par maniere decente
Ce neant moins pour estre plus plaisante
De templetes d'or clos el les avoit
Et de pierre precieuse luisante
Ce que tresbien et beau lors lui duisoit

Frons alta spaciique decentis &c.
Lucresse avoit le front bien spacieux
Sans macule ne quelque ride avoir
Ains estoit hault/ frais/ blanc & lumineux
On ne sauroit rien plus beau concevoir
On ne vit onc face pour dire voir
Plus venuste ne a veoir plus agreable
Nature avoit la mis de son povoir
Qui la faisoit sur autres merveillable

Supercilia in arcum tensa &c.

Oculi tanto nitore splendentes &c.
Lucresse avoit a peu de poil noiret
En maniere d'arc tendu les sourcilles
Par distance qui bien les separoit
Onc plus belles n'eurent femmes ne filles
Les yeulx avoit si clers beaux & facilles
Que des voians le regard hebetoit
Le souleil par ses rays tressutilles
Des autres yeulx la clarté offuscoit

Nasus in filum &c.
Elle povoit occire les voians
Par ung trait de oeil quant jeter le vouloit
Et si povoit les mors faire vivans

Quant le doulx trait de ses yeulx envoioit
Le nez avoit traitis comme ung fil droit
Qui ses joes par egale mesure
Decentement & tresbien divisoit
En ce se estoit efforcee nature

Nichil his genis
Rien plus plaisant plus doulx plus amiable
On n'eust pas sceu que lesdictes joes voir
Quant elle rioit par maniere agreable
Deux petites fosses se venoient soir
Ou fin milieu de ses joes oncques voir
Homs ne les peut qui ne leur desirast
Quelque baisier donner fust main ou soir
Et qui pour ce du cueur ne souspirast

Os parvum decensque &c.
Petite bouche & levres coralines
Plus vermeilles que ne fut onc coral
Lucresse avoit de estre baisees dignes
Et doulcement morses sans faire mal
Petites dens plus blanches que cristal
Entre lesquelz sa langue armonieuse
Faisoit ung son plaisant et cordial
Avecques chant & voix melodieuse

Erant in eius ore & cetera.
Son corps estoit de toutes pars louable
Par le dehors on povoit aisement
Des intimes jugement tresfeable
Faire par ce que on voioit clerement

Oncques homme ne la vit proprement
Qui ne conceust en son cueur quelque envie
Vers son mary: car veritablement
De telle avoir digne n'estoit il mie

Sermo is fuit qualiter rumor est &c.
Facessies yssoient de sa bouche
Et parolles exquises a merveilles
Cornelia qui estoit sans reproche
En ses enfans louant ne dist pareilles
Hortensia paroles point plus belles
Ne proposa devant les empereurs
Quant el garda dames & damoiselles
Par ses beaulx ditz et rhetoriques fleurs

Nec suavius aliquid eius oratione
Il n'estoit rien plus doulx que son parler
Plus attrempé ne de plus grant faconde
Elle savoit honnesteté garder
Quant triste estoit sans ce que homme du monde
Eust apperceu qu'elle eust face iraconde
Car elle estoit joyeuse & attrempee
Tousjours une/ gente plaisante & blonde
Et sur toutes autres tresmoderee

Non timida non audax &c.
Trop peureuse ne trop hardie n'estoit
En tous ses fais elle tenoit moien
Et courage plus que virile avoit
Ferme propos avec rassis maintien
Pour conduire quelque chose de bien

Elle avoit cueur constant et immuable
Chose qu'el veist ne la changoit en rien
Car elle n'estoit point comme autres muable

Vestes illi multiplices &c.
Vestue estoit de habis tresprecieux
Chaines/ baudriers de fin or reluisoient
Qui tout autour son gent corps amoureux
Si bien que rien n'y fault avironnoient
Et de perles ses bras couvers estoient
Pres que toute en or resplendissoit
Affiques d'or comme estoilles luisoient
Dont des voyans les yeulx el repaissoit

Redimitta capitis mirifica &c.
Son chief avoit gentement atourné
De couronne et joyaulx precieux
De diamans et saphirs aourné
Si proprement que on ne pourroit pas mieulx
Ses mignons dois plains estoient en tous lieux
De signes d'or/ esmeraudes/ rubis
Clers diamans & saphirs lumineux
Qui bien seoient par dessus ses habis

Non helenam pulchriorem &c.
Je ne croy pas que heleine fust plus belle
Quant son mari menelaus mena
Le beau paris a disner avecques elle
Que lucresse qui lors bien s'atourna
Andromache quant hector espousa
N'estoit pas plus richement acoutree

Que lucresse estoit en ce jour la

Que l'empereur fist en senes entree

Comment la compaigne de lucresse trespassa et avant son trespas l'empereur fist son filz chevalier/ et fut a l'enterrement de la dame

Inter has & catherina &c

Katherine estoit aprés lucresse

La plus belle et la plus avenant

Car elle estoit en sa fleur et jeunesse

Gente/ frisque/ tresgorriere et plaisant

Ung filz avoit qui n'estoit que ung enfant

Et chevalier fut fait par l'empereur

Ains que la mort de son dart trespoignant

Katherine occist par sa rigueur

Diem functa extremum &c.

L'empereur fut a son enterrement

Avant partir en quoy lui fist honneur

De lucresse n'oublia nullement

La grant beaulté/ le sens et la valeur

Il n'y avoit en court quelque seigneur

Qui jour & nuyt n'en fist son parlement

Et qui ne dist c'est des dames la fleur

L'onneur le pris & tout le parement

Comment chascun sortoit en la rue quant lucresse passoit pour celle voir

Quocunque illa vertebatur &c.

Quant el sortoit pour aler quelque part

Tout le monde la poursuivoit a l'ueil

C'estoit basme d'avoir ung seul regard
De ses clers yeulx son gracieux acueil
Faisoit passer melencolie et deul
Cesar par tout la louoit en publique
Eurialus en parloit a tout seul
Sans faire bruit a bien l'aymer s'applique

Comment eurialus homme noble et mignon de l'empereur estoit vertueux et digne de estre amé

Duorum & triginta annorum erat &c.
Trente et deux ans avoit eurialus
Riche & puissant de avoir aussi de amis
Miste/ avenant et courtois au parsus
Nature avoit beaucop biens en lui mis
Car il estoit asseuré et hardis
En tous ses fais/ de stature moyenne
Noble/ joyeux recreatif en dits
Affin que mieulx dames il entretienne

Membris non sine quadam maiestate decoris &c.
Il estoit gent et de belle faconde
Secret/ humble et de decente forme
En lui n'avoit quelque note du monde
Pour ung amant estoit ung parfait homme
Sur lui n'avoit ne mais/ ne si/ ne comme
En la grace de l'empereur estoit
A ses causes d'or & d'argent grant somme
Sur tous autres curiaulx il avoit

In dies ornatior conspectibus &c.
Par chascun jour changoit de abillement

Et plus gorrier estoit de jour en jour
Il se tenoit si tresmignonnement
Que estoit digne que on l'aymast par amour
Des serviteurs avoit tout a l'entour
Qui lui faisoient par les rues compaignie
Ce lui estoit ung gracieux sejour
Quant veoir povoit lucresse la jolye

Tum equi tales illi erant &c.
Chevaulx avoit telz que ceulx de meneon
Quant a troye vint pour la secourir
Pour qu'amoureux fust le noble baron
Ne lui restoit fors qu'eust temps & loisir
Les jeunesse/ prosperité/ desir/
Esquelz estoit eurialus le sage
De estre amoureux tant lui font souvenir
Que resister ne povoit son courage

Comment eurialus fut amoureux de lucresse et elle de lui sans ce qu'ilz sceussent aucune chose l'ung de l'autre

Eurialus ut lucressiam vidit ardere cepit &c.
Il mist son cueur si avant en lucresse
Que de la veoir jamés n'eust prins ennuy
Plus la veoit plus estoit en liesse
Quant ne la voit il est triste et marry
De ce ne doit aucun estre esbahy
Car il jetta ses yeulx sur la plus belle
Pareillement fist lucresse sur ly
Quant se voioient ilz avoient joye nouvelle

Non tamen hac ipsa die &c.

Et touteffois ne savoit pas lucresse
Que son regard sortist jamés effect
Eurialus des barons la noblesse
Se lucresse bien l'ayme rien n'en scet
Ce neantmoins quant sont en leur secret
L'ung de l'autre a en son cueur memore
Plus y pensent et plus ont de regret
S'ilz ne parlent & s'entrevoient encore

Quis nunc tisbes et pirami &c.
Voisineté fut cause de l'amour
Com de tisbés et piramus lison
L'amour croissoit entre eulx par chascun jour
L'ung de l'autre prés estoit la maison
Par laps de temps sans quelque autre achaison
Ne avoir congneu l'un l'autre au paravant
Furent esprins sans mesure ou raison
Du feu d'amours qui les aloit brulant

Saucia ergo gravi cura lucressia
Le dieu d'amours les navra bien soudain
Quant de son dart leurs deux cueurs transpersa
L'onnesteté de lucresse et le train
Par ung trait d'eul vitement renversa
Car la dame de bien aymer pensa
Ung estrangier que jamés n'avoit veu
Et son mari hors de s'amour lansa
De amourettes trop desiroit le jeu

Nec ullam membris suis quietam
Quant la dame fut esprinse du feu

Qui la bruloit par cure langoureuse
El ne povoit en place ne en lieu
Prendre repos tousjours estoit songneuse
De remembrer la face gracieuse
De eurialus qui la navre a oultrance
De son mari devint si odieuse
Qu'el ne trouvoit en lui quelque plaisance

Comment lucresse se emerveilloit qu'elle ne povoit aymer son mary et que mieulx aymoit ung estranger et de ce elle se arguoit et blasmoit & arguoit pro et contra

Secumque nescio quid obstat
Elle disoit a soy mesme souvent
Je m'esbahis dont ce me peut venir
Que je n'ayme plus cordialement
Menelaus et que ne prens plaisir
Avecques luy a le veoir et ouyr
Las je n'ayme rien que cest estranger
Qui jour et nuyt me vient en souvenir
Tant que j'en pers le boire & le menger

Excute conceptas e casto pectore flammas &c.
Ha lucresse oublie ta folie
De ton chaste cueur oste la chaleur
Maleureuse de fole amour remplye
Boute toy hors de peril et d'erreur
Se je povois sortir de tel langueur
Plus ne seroys en si grant maladie
Mais il y a quelque chose en mon cueur
Qui me contraint sans que luy contredie

Scio quid est melius &c.

Je congnois bien lequel est le meilleur
Et touteffois je veil suivir le pire
Conscience me dit suy ton honneur
Et cupido dit que je le doy fuyre
Noble dame comment te peut induire
Ung estranger a si folle plaisance
Que ton honneur vueilles ainsi destruire
Et maculer le lieu de ta naissance

Si virum fastidiis &c.

Ha lucresse se n'aymes ton mary
Et que d'amours te vueilles entremettre
De ce pays peus eslire ung amy
Sans au peril d'ung estranger te mettre
Mais lasse moy quant je vueil contremettre
De eurialus la tresplaisante face
Je ne me puis retirer ne hors mettre
Que son amour ne desire et sa grace

Sed hey michi que nam illius facies

Sa grant beaulté/ son aage/ sa noblesse
Et sa vertu m'ont changé le courage
Et se je n'ay secours par sa prouesse
Mourir me fault a grant dueil & dommage
Souvrains dieux faictes moy ung passage
Et vous plaise si bien me conseiller
Que je puisse sans danger ne oultrage
De mes amours jouyr au paraler

Vah prodam ego castos &c.

Mais quant j'ay tout regardé fy de luy
Trahyraige mon loyal mariage
Me fierayge en ung forain: nenny
Je ne congnois ne luy ne son paraige
Quant aura fait de moy tant soit il sage
Il s'en yra pour une autre espouser
Et me lairra c'est le commun usaige
Je ne m'en doy par ce point abuser

Sed non est is eius vultus &c.
Mais de traitre ne porte pas la face
Sa noblesse ne le pourroit souffrir
Car noble cueur n'endureroit en place
Ses vrayes amours decevoir ne trahir
Fraude ne dol ne peut entrevenir
En cueur d'omme qui porte tel semblant
De moy tousjours il aura souvenir
Doubter n'en fault car il est trop savant

Dabit ante fidem
Je feray tant se je puis envers luy
Qu'il jurera me estre bon et loyal
Craindre ne doy estre deceue par luy
Il me semble doux courtois et feal
C'est mon advis qu'il endure mon mal
Pour ma beaulté qui est inestimable
Et que de amour m'ayme aussi cordial
Que je fois luy c'est chose raisonnable

Ego quoque ita sum pulchra
Se le reçoy une fois en ma grace

En luy donnant ung gracieux baiser
Il ne artera jamés ce croy en place
Tant qu'il puisse son grief mal apaiser
Servir vouldra sa maistresse et aiser
Et se donra du tout a mon service
Plus belle dame ne sçauroit adviser
Pour les plaisirs d'amours ne plus propice

Quot me ambiunt proci quocunque pergo &c.
Je ne me puis transporter quelque part
Soit a mon huys en ville ou a l'eglise
Qu'on ne me suyve a l'oeil soit tost ou tart
De ma beaulté chascun parle et divise
Et nuyt et jour sans doubter froit ne bise
Plusieurs mignons tournient sur les carreaux
Pour mon gent corps regarder a leur guise
Je suis l'espoir de tous amans loyaux

Comment lucresse delibere estre amoureuse de eurialus

Dabo amori operam aut hic manebis &c.
Bref je aimeré: je veil estre amoureuse
De eurialus le plaisant escuyer
Il n'est vie si plaisant ne eureuse
Comme je croy/ il me fault essoyer
Il m'aymera du cueur sans varier
De ce pays jamés ne partira
Et s'il s'en va pour soy repatrier
Je iray quant luy point ne me escondira

Ergo ego & matrem & virum & patriam relinquam
Par ces moyens je vueil habandonner

Mere/ mary/ mon pays et renommee
Car ma mere me veult redarguer
Mieulx sans mary fusse que mariee
Chascun a pays la ou il y agree
Vivre/ et passer son temps comme l'en dit
Je ne pourroys estre plus mal euree
Ne pis avoir que j'ay. c'est mon edit

Comment lucresse respond aux objectz que on luy pourroit faire de aymer eurialus

Quid michi rumores hominum
Et se on me dit tu perdras ton honneur
Et bon renon que tu as en grant bruit
A ce respons quel mal ne quel douleur
Me pevent faire soit de jour ou de nuyt
Les langaiges qui se diront par huit
Ou par mille/ mais que rien je n'en oye
Je m'esbatray et prendray mon deduyt
D'or et d'onneur dis fy a qui n'a joye

Nichil audet qui fame nimis studet &c.
Cil qui trop craint a blesser son honneur
Ne fait jamais quelque bonne entreprinse
Plusieurs dames ont esleu pour meilleur
Abandonner leur pays quoy qu'il leur nuyse
Que de tousjours escouter la reprinse
Et chastiement de parens et mary
Helayne soit cy pour exemple prinse
Suyvant paris son gracieux amy

Quid medeam referam &c.

Ainsi le fist medee quant jason
Elle choisit chevalier tresplaisant
Car elle laissa ses pays/ pere/ maison
Pour qu'elle fust d'amours mieulx joyssant
Se je estoie seule en ce faisant
Trop lourt seroit mon erreur & emprise
Plusieurs dames ont ce fait paravant
Pour quoy devray moins en estre reprise

Nemo errantem arguit qui cum multis errat.
Qui de plusieurs suyt l'erreur pas ne fole
Matiere auray aucune de replique
Car ou soye reputee sage ou folle
Je trouveray se mon sens bien aplique
Dames assés qui sans nulle trafique
Ont desiré vivre a leur plaisance
C'est tout basme/ c'est vie deifique
Que avoir d'amours a son gré joyssance

Sic lucressia nec intra pectus minora incendia nutriebat eurialus
Lucressia tout a soy mesme disoit
Ce que par cy devant ay recité
Et sur toutes choses elle desiroit
De eurialus l'amour c'est verité
Eurialus qui plain de humilité
Envers amours estoit: n'avoit repos
Leurs courages estoient par unité
Joinctz ensemble par conforme propos

Comment eurialus estoit logé proprement entre l'empereur et lucresse

Eurialus medias & cetera

Eurialus estoit bien proprement
Logé/ entre l'empereur et lucresse
Ce avoit il fait tresprudentement
Pour a son cueur donner quelque liesse
Car deux clertés pour sa grande noblesse
Enluminer des deux costés avoit
Dont l'empereur lumiere de richesse
Et lucresse d'amours clarté donnoit

Nec palatium eurialus &c.

Quant le baron au palais s'en aloit
De l'empereur cointement acoutré
Sur son cheval monter il ne povoit
Qu'il ne fust veu/ perceu ou rencontré
De lucresse/ du lieu hault fenestré
De son logis la dame regardoit
Son cher amy qui luy estoit entré
Dedens le cueur tant que d'amours ardoit

Sed erubuit semper &c.

La dame avoit si avant son cueur mis
En son amy lequel tant desiroit
Que ailleurs pancer ne luy estoit permis
Ne sans rougir veoir elle ne le povoit
A ces causes l'empereur prevoioit
De lucresse l'amour et le courage
La grant ardeur que en son cueur concevoit
Dissimuler ne sceut tant fust elle sage

Comment l'empereur aperceut que lucresse estoit amoureuse de eurialus

Nam cum ex sua consuetudine &c.

Sigismundus cesar noble empereur
Acoustumé avoit par chascun jour
Par devant l'uys de la vermeille fleur
Faire en alant ça et la quelque tour
Il aperceut lucresse de l'amour
D'eurialus estre si fort emprinse
Qu'elle en muoit plusieurs fois sans sejour
Face & couleur dont pas moins ne la prise

Qui sibi quasi octoviano &c.

Car mecenas pas mieux voulu ne fut
D'octovien/ que eurialus estoit
De l'empereur sigismundus qui n'ut
Autre plus pres de luy quant il aloit
Par les rues car il se divisoit
Tresprivement avec son servant
Eurialus qui bien dire savoit
Encores mieux d'exploicter bien savant

Comment l'empereur parla a eurialus & luy dist que lucresse estoit amoureuse de luy et sembloit que ledit empereur en fust jaloux. Et comment il lui abaissa son chapeau quant ilz passoient par devant la maison de lucresse

Ad quem versus euriale euriale

L'empereur vit que la dame changoit
Couleur/ si tost qu'el voyoit son amy
Joyeusement en quelque bon endroit
Changa propos et se adressa vers luy

En luy disant beausire que esse cy
Sont les dames de vous si amoureuses
Comme je aperçoy je n'entens point cecy
Vos manieres de faire sont eureuses

Mulier illa te ardet &c.
Eurialus je aperçoy que lucresse
Te ayme tresfort ce m'est chose congneue
Et ce luy dist l'empereur en tristesse
Comme jaloux par envye sourvenue
Quant il vindrent a l'endroit de la rue
En la quelle lucresse demouroit
L'empereur fist quant il l'eut aperceue
Quelque bon tour ainsi qu'il entendoit

Euriali oculos pilleo contexit
D'eurialus rabatit le chappeau
Devant les yeux en disant telz parolles
Tu ne verras pas maintenant ce beau
Mireur ou quel tes yeux paiz & consoles
Nous y voulons sans faintes ne frivoles
De nos nobles yeux l'office employer
Pour la dame tant que sommes en coles
A nos plaisirs seulz veoir et remirer

Comment eurialus respondit a l'empereur saigement en parlant de sa dame la belle lucresse

Tum eurialus quid hoc signi est cesar &c.
Eurialus dist au noble empereur
Je n'entens point pour quoy faictes ce signe
Ce lui pourroit tourner a deshonneur

Male bouche a mesdire s'encline

Je ne suis pas de tel dame avoir digne

Avecques elle ne hante aucunement

Je seroie de dame avoir indigne

Se blasme avoit par mon contenement

Erat eurialo spadix equs &c.

Eurialus estoit sur ung boiart

Si proprement monté que on pourroit dire

Pour ung cheval bien prins bien gaillart

Il n'y avoit quelque chose a redire

Teste/ ventre/ croupe comme de cire

Faictz il avoit et l'oreille mobile

Ester en lieu ne povoit a voir dire

Il n'estoit rien plus gent ne plus abile

Comment lucresse estoit toute esmeue et passionnee quant elle voyoit eurialus son amy

Que licet dum sola fuit &c.

Eurialus en or resplendissoit

De toutes pars ses abis reluisoient

Quant la dame son amy apperçoit

Tous les esperitz du corps lui remuoient

Quant seule estoit tresbien se contenoient

Fermer son huis a amours proposoit

Mais quant les deux amans s'entrevoient

Chascun des deux son mal renouvelloit

Sed ut siccus ager &c.

Car lucresse a l'ardeur ne povoit

Du feu de amours resister sans doubtance

Ains tout ainsi que ou champ bruler on voit
Le chaulme sec quant par sa violence
Souffle le vent de bise qui avance
Et fait haster le feu/ pareillement
Le feu de amours consumoit la substance
De lucresse qui aymoit loyaulment

Ita est sane ut sapientibus videtur &c.

El ne povoit recouvrer medecine
Qui peust l'ardeur de sa chaleur estaindre
Prosperité fait maint tour faire & signe
On ne s'i peut gouverner ne contraindre
Qui des sages les ditz vouldra sans faindre
Croire & noter il trouvera sans doubte
Que chasteté desire estre en lieu moindre
Car richesse la chasse et la deboute

Comment chasteté est a grant peine gardee des gens qui ont toute leurs plaisances ou monde

Quisquis secundis rebus &c.

Quant ung homme est eslevé par fortune
Il ne appete que vivre a sa plaisance
Dancer/ chanter & regiber sur plume
Entre deux draps c'est amoureuse dance
Avoir logis de grant magnificence
Choses plaisans pour volupté attraire
Faire ne peut chasteté demourance
En haulx palais tel lieu lui est contraire

Intuens igitur eurialum &c.

Qui tacitus ardet magis uritur.

A ces causes lucresse tresplaisant
Riche de biens mondains a son souhet
Ne desiroit fors que de son amant
El peust jouyr mais bonnement ne scet
A qui puisse reveler son secret
Ne decouvrir a plain sa voulenté
Plus brule amour secret que descouvert
Car mal tapy tart recouvre santé

Comme lucresse proposa faire savoir a eurialus l'amour dont elle l'amoit par ung serviteur nommé sozie auquel elle parle longuement de eurialus

Erat inter viri servos &c.

Lucresse avoit de serviteurs ung tas
Entre lesquelz sozias lui plaisoit
Loial estoit sans noise ne debas
Et ja long temps tresbien servy avoit
Viel ancien et preudomme estoit
Du propre pays de eurialus tressage
Et plus ou pays elle se confioit
Qu'en sozias pour faire son message

Plus nationi quam homini credens

Cesar ung jour a moult grant compaignie
De ses barons par la ville passoit
Quant lucresse bien paree et jolie
Ouyt le bruit du peuple qui couroit
Pour veoir l'estat el s'en courit tout droit
Aux fenestres pour choisir son amy
Le quel sur tous bien acoutré estoit
On ne tenoit lors compte que de lui

Que ubi adesse eurialium cognovit &c.

Quant lucresse l'eut par desus tous choisi
El appella sozias promptement
Et lui a dit approche toy d'icy
Et regarde embas legierement
Ou pourroit on trouver aucunement
Homme qui fust a cestui cy semblable
Je ne croy pas que soubz le firmament
On peust trouver homme plus agreable

Videri ut omnes calamistrati.

Ne voit tu pas quelle chevalerie
Quelz perruques tant sont bien acoutrees
Ces gens cy sont se croy je de farie
Ilz ont faces plaisans comme poupees
La chair blanche/ poictrines eslevees
Et plus que jonc les corps drois & plaisans
On ne sauroit trouver en nos contrees
Telz ymages ne gens si avenans

Semen hoc deorum est aut celo missa progenies.

Ilz ont esté engendrés de haulx dieux
C'est semence com je croy deifique
Envoiee du ciel en ces bas lieux
Pour parfaire quelque chose autentique
Se fortune par son art mirifique
M'eust conferé l'ung de eulx pour mon mary
Je vivroie joyeuse/ gente & frisque
Et je languis plaine de tout ennuy

Nisi testes oculi essent &c

Se de mes yeulx n'eusse leur beaulté veue
Quant la me aurois mille fois recitee
Je n'en aurois pas ta parolle creue
Oncques ne vy si noble chevauchee
Je croy que bien parle la renommee
Quant les gentilz gens eslieve par sur tous
La dame doit se reputer euree
Qui peut avoir de telz mignons espoux

Sed nosti tu sozia aliquos &c.
Dy sozias respons moy sans faillir
Congnois tu nul de ces nobles barons
Certes oy dame sans vous mentir
Je les congnois/ leurs parens et maisons
Mais entre autres congnois tu le mignons
Eurialus/ comme moy dit sozie.
Dictes dame les causes & raisons
Pour quoy voulés que tant je vous en die

Dicam inquit lucretia &c.
Je te promet rien ne te celeré
Car je say bien que es certain & loyal
Et que tendras secret ce que diré
Espoir en ay comme de homme feal
Ta grant bonté d'ung vouloir cordial
Me fait vers toy venir et retirer
Je te diray m'en prengne bien ou mal
Ce que mon cueur ne pourroit plus celer

Ex his qui cesari astant &c
Certes sozie de tous ceulx que avons veu

Par cy devant passer n'a pas long temps
N'en n'y a que ung qui proprement m'ait pleu
Pour parvenir aux fins ou je pretens
Eurialus tant plaisant & si gens
Qu'il a esmeu mon vouloir et courage
A lui aymer/ c'est la fin ou je tens
Je ne cerche vers toy autre avantage

Nec illum oblivisti nec mihi pacem &c
Je ne pourrois reposer ne dormir
Avoir ne puis en moy paix ne confort
Se je ne puis une fois parvenir
Ou je pretens/ je desire la mort
Se je peusse par aucun art ou sort
Eurialus oublier/ mais nenny
Bref je mourray de deul et desconfort
Se ne fais tant que je parle avec lui

Perge oro sozia conveni eurialum
Je te prie sozie sans differer
Vat'en tout droit a lui ne tarde point
Et si lui dy que je le vueil aymer
Autre chose ne te vueil sur ce point
Je te feray des biens n'en doubte point
Ta peine pas ne sera retenue
Se la chose vient ainsi que dieu doint
Je me tendray tousjours a toy tenue

Comment sozias fut triste de ce que sa dame lucresse estoit devenue folle amoureuse Et comment il la reprint et blasma

Quid audio refert sozias

Prodam me ego dominum janque senex incipiam fallere &c.

Lors sozias souspira tendrement
En disant dieux las & que ay je oy cy
O ma dame trairay je present
En mes vieulx jours celui que j'ay servy
En jeunesse loyaulment et chery
C'est grant peché de penser tel folie
De le faire plus grant je vous supply
Que jetés hors ceste merancolie

Quin potius clara progenies

Mon bon seigneur vostre espoux & mari
Qui tant en moy de tous temps se confie
Se de present estoit par moy trahy
Je trahirois la plus noble lignie
De la cité de senes. je vous prie
Chere dame estaignés la chaleur
Et folle amour qui tant vous contralie
Par fol espoir qui vous met en erreur

Non egre amorem pellit qui primis obstat insultibus

Qui aux premiers assaulx de amours resiste
Facilement il obtient la victoire
Du contraire qui a aymer persiste
Nourrist ung doulx vent c'est chose voire
Lequel si tost que on l'acoustume a boire
Rend l'amoureux si serf et si subject
Qu'il n'est homme qui assés puisse croire
Le grant peril au quel il se submet

Quod si hoc resciret maritus.

Ha ma dame se monseigneur savoit
Que voulsissés faire telle entreprinse
Certes dieu scet quel bruit il auroit
Vous seriés en piteux estat mise
Il vous mettroit nue en vostre chemise
Et vous batroit tresinhumainement
Je congnois bien son courage & sa guise
Amour ne peut soy celer longuement

Comment lucresse respond a son serviteur sozie et dit qu'elle ne doubte chose qui soit

Tace inquit lucretia nichil loci terrori est &c.
Lucresse dit a sozie qu'il se taise
Et que en effect elle n'a peur qui soit
De son mari point ne doubte la noise
Plus tost la mort doubter elle deveroit
Ce neantmoins bien asseuree se voit
Car de la mort n'a aucune doubtance
Et pour quoy chose nuire ne lui sauroit
Pas fortune par son aspre inconstance

Comment sozie remonstre a lucresse le dangier ou elle se veult mettre

Quo misera pergis sozias retulit
Povre dame tressimple et miserable
Dist sozie & que voulés vous faire
Tous vos parens par ung fait detestable
Vous jetterés en piteuse misere
Seule serés infame et adultere
Qui soullerés par note de infamie

S'il ne vous plaist de folie vous retraire
Tous vos parens & notable lignie

Tutum esse facinus reas mille circa te oculi sunt.

Se vous dictes que estes bien asseuree
Et que le cas sera tenu secret
Mille yeulx avés par chascune journee
Tout a l'entour de vous chascun le scet
Vostre mere ne tiendra pas couvert
Vostre peché/ ne pas plus vostre mary
Il n'y aura cousine ne varlet
Qui vostre cas cele je vous affy

Servi ut taceant jumenta loquentur

Se les hommes vous celent d'aventure
Chiens et jumens & marbres insensibles
Accuseront par quelque pourtraicture
L'adultere tant soiés invisibles
Il y a plus/ dieu qui est perceptibles
Et cler voiant par tout vos faitz verra
Adulteres et pechés deffectibles
Lesquelz aprés griefvement punira

Negata est magnis sceleribus fides & cetera

Certes dame ne vous fiés en homme
Qui soubz umbre de peché vous permette
Car il n'y a point de foy ainsy comme
L'en dit/ en grans pechez gist chose infaite
Craindre devés que ne soyés forfaite
Et hors mise du college des dames
Qui ont gardé de chasteté la mete

Voulans saulver leurs corps aussy leur ames

Metue concubitus novos & cetera

Craindre devés changer vostre mary

Pour un nouveau estranger mettre en grace

Si le faictes vous serés vous et luy

En grant danger car fol plaisir se passe

Mais la peine que pour ce l'on amasse

Dure tousjours la note ne meurt point

Bien eureux est qui sa vie compasse

Si sagement que de blasme n'ayt point

Comme lucresse respond a sozie son serviteur qu'elle entendoit bien qu'il disoit vray mais ne neantmoins qu'elle estoit deliberee de acomplir sa volenté et qu'il parlast a eurialus de par elle

Scio rectum esse quod dicis

Lors la dame respondit a sozie

Je sçay assez que tu dis verité

Mais la fureur de amours me contralie

Qui me contraint faire ma voulenté

Je congnois bien sans que soit recité

Le grant danger ou voluntairement

Me vueil mettre et infelicité

Mais ce n'y fait rien quant en cas present

Vincit et regnat furor potensque

J'ay estrivé longuement contre amours

Et debatu autant que femme nee

Trop longuement ay employé mes jours

A le cuider vaincre comme forcenee

De son plaisir faire deliberee

Suys et seray ayés de moy mercy

Fay ung plaisir a la povre egaree

De par elle salue son amy

Comment sozie respond a sa dame et la prie de laisser son fol amour

Ingenuit super sozias & cetera

Quant sozias eut de la dame ouy

Les pleurs & plains en son cueur grant dueil eut

Et luy a dit dame je vous supply

En tant que j'ay vertu et mon cueur peut

Par les loyaulx services que oncques sceut

Mon corps chanu a vostre lignee faire

Que de l'ardeur d'amours qui bruler veult

Le noble cueur de vous vueillez retraire

Pars sanitatis est velle sanari

Dame aydés vous/ c'est partie de santé

Que desirer que on la puisse obtenir

Lors lucresse dist ne soyes si tenté

Que tu croyes que ne vueille obeir

A ton conseil lequel je vueil suivir

Encores n'ay ma vergongne perdue

Amours vaincray qui ne se veult couvrir

Puis que par toy je ne suys secourue

Unicum effugium est huius mali morte ut preveniam

Mais en ce cas ung seul refuge treuve

C'est prevenir par mort ce malefice

Sozie qui fut espeury pour la neufve

Responce que eut ne se monstra point nice

Ains dist tantost dame du mental vice
Trop effrené/ l'assault vueillez combatre
Car vous estes pour vivre lors propice
Que a mort livrer vous voulés sans debatre

Decretum est ait lucretia mori
Lucresse dist j'ay decreté mourir
De collatin la femme se venga
Et par glayve le cryme voult punir
Que par force avoit commis desja
Je prevendray par mort sans faire ja
Ny acomplir ce que mon cueur desire
Plus honneste de trop ma mort sera
Qu'il ne seroit de moy aprés destruire

Genus leti quero & cetera
Je ne foys plus que la sorte querir
Et maniere de la mort que demande
De moy pendre ou de glayve me occir
De quelque tour moy getter ou que mande
Quelque poison le quel venger commande
Ma chasteté de mon ardante flamme
Car que a l'une de ces choses me rende
Pour mort souffrir livrer vueil corps & ame

Non patiar inquit
Sozie dist/ ce point ne souffriray
Et lucresse luy respond vistement
Se aucun mortel disoit je me tueray
On ne pourroit l'en garder bonnement
Plus que garder on ne peut vrayement

Porcia qui de caton fille fut
Femme de bruit elle n'avoit ferrement
En avalant charbons ardans mourut

Comment sozie pour garder l'onneur et mort de sa maistresse faignit qu'il parleroit a eurialus d'elle

Vite magis quam fame consulendum est
Tout pour l'amour de son loyal mary
Elle se occist lors sozie luy va dire
Dame se avés le cueur si fort saisy
De fole amour et furieux martire
Je ne vouldroye vos plaisirs contredire
Car la vie plus que bon renon vault
Tel a bon los qui peu vault/ pour vray dire
Tel l'a mauvais a qui d'onneur bien chault

Temptemus hunc eurialum
Tenter convient quel est eurialus
Et aux plaisans esbas d'amours vaquer
De ce faire suys prest/ sans parler plus
Ceste chose sauray bien appliquer
Je vous feray tous deux communiquer
Et ce fera par mon moyen cest euvre
Si je ne suys deceu au parler
En ce cas cy fault que mon engin preuve

Comment lucresse fut resjouye quant sozie luy eut promis qu'il parleroit a eurialus combien que ce n'estoit que fainte du costé de sozie

His dictis incensum animum inflammavit amore &c.
Quant sozie eut ce que dessus dit

Le courage de la dame enflamma
Du feu d'amours/ par mouvement subit
L'esperance doubteuse confirma
Mais touteffois sozie qui l'ayma
Comme loyal et sage serviteur
A soy mesmes dit que rien n'en fera
Estre ne veult de mal mediateur

Differre animum femine querebat
Il ne queroit que differer affin
Que sa dame son courage muast
Et que son cueur a fole amour enclin
Par delayer de folie retirast
Et que par temps la chaleur s'en alast
Et la griefve maladie qu'elle sentoit
Mal luy faisoit que tant perseverast
Mais touteffois remede n'y trouvoit

Existimavit sozias falsis gaudiis puellam producere et cetera
Sozie en ce faisant existimoit
De joye vaine sa dame contenter
Jusques ad ce que cesar partiroit
Ou qu'elle peust son courage muer
Aussy qu'elle eust message peu trouver
Autre que luy/ ou la main sur luy mettre
A ces causes ne voulut refuser
Ne les commans de sa maistresse obmettre

Sepe igitur ire atque redire
Il fist semblant d'aller par plusieurs fois
Ou sa dame qu'il conversast cuidoit

Et luy disoit que eurialus courtoys

De son amour tresfort joyeux estoit

Que temps congru et ydoyne queroit

Ou quel peussent ensemble pourparler

A l'une foys que parler ne povoit

Et a l'autre que hors la ville estoit

Comment sozie sans y penser rencontra eurialus/ et luy dist un mot seulement du quel eurialus l'interroga

Sic diebus multis egrotum pavit animum

De lucresse la joye aspendoit

Jusques au retour & par plusieurs journees

Le courage malade repaissoit

Et pour que ces mensonges mieulx parees

Fussent du tout et moins tost advisees

Euriale rencontra et luy dist

O tant aymé d'amourettes eurees

Autre chose sozie lors ne fist

Comment eurialus fut plus que devant embrasé du feu d'amours & se doubta que sozie luy avoit ce dit de lucresse

Nec illi querenti ~~(Sed vicit meos conatus)~~

Eurialus demanda a sozie

Qu'il entendoit par ce que dit avoit

Mais il n'en eut parolle ne demie

De response. dont desplaisant estoit

Cupido lors de son dart si estroit

Parmy le cueur le transperse et assault

Qu'il ne povoit en lieu fust chault ou froit

Prendre repos medecine n'y vault

Igne furtivo populente venas
Ung feu secret par ces vaynes couroit
Comme larron qui icelles consume
Les mouelles toutes il devoroit
Car reposer il ne povoit sur plume
Ce son grief mal luy engrege ou alume
Que sozie ne congnoist proprement
Et ne cudoit forger sus telle enclume
Comme lucresse: de honneur le parement

Nec lucressie missum putavit
Point ne cuidoit qu'elle eust sozie transmis
Ainsi que bien souvent il nous advient
Que moins avons d'espoir je vous afis
Que de desir. ce voyt on clerement
Mais quant il vit par effait reaulment
Que lucresse de bonne amour l'aymoit
Sa prudence loua tresgrandement
Mais plusieurs fois. luy mesmes se increpoit

Comment eurialus arguoit a soy pro et contra savoir s'il aymeroit lucresse ou non

En euriale quid sit amoris imperium nosti
Euriale disoit il a par soy
D'amors congnoys assés la seigneurie
Longs pleurs y a/ courts ris/ & combien voy
Joye petite/ crainte/ qui trop ennuye
Car qui ayme/ par humaine folie
Tousjours se meurt jamais mort ne se treuve
Doncques je dis que a toy seroit folie

De toy fourrer plus avant en cest euvre

At cum se frustra

Quant aperceut qu'en vain il resistoit
Dist: moy meschant qui contre amour repune
Loisible m'est faire ce que faisoit
Julles cesar/ alexandre/ pour une
Ou hanibal qui en ayma quelque une
Gens de guerre amayne pour exemple
Virgille en fut comme il pleut a fortune
En hault levé se bien le fait contemple

Per funem tractus ad mediam turrim

Virgile fut d'une corde tiré
Jusquez au milieu d'une tour haulte & belle
Ou demoura pendu tout ayré
Sans que jouir peust de la damoyselle
Se on l'excuse pour la vie nouvelle
Voluptueuse et large qu'il menoit
Nous trouverons que ceulx qui n'ont point telle
Vie comme luy menee amours deçoit

Quid de philosophis &c.

Que dirons nous doncques cy maintenant
Des sages clercs philozophes moraulx
Aristote qui tant estoit savant
Oncques ne peut eviter les assaulx
De cupido qui comme on fait chevaulx
Bridé ne fust et sellé d'une femme
Qui d'esperons poignit le jouvenceaux
Quant montee fut pour minuer sa fame

Diis equa potentas est cesaris.
Aux dieux pour vray de cesar la puissance
Est egale et n'est point verité
Que majesté et amour residence
Faire ne pevent en ung lieu limité
Plus amoureux n'a en ceste cité
Que l'empereur cesar/ ou pourroit on
Trouver homme d'amours plus invité
Pour le servir en tout temps et saison

Herculem dicunt qui fuit fortissimus
Pareillement de hercules on recite
Qui tresfort fut & de lignee des dieux
Que son quarquoys par une amour subite
Et du lyon dont fut victorieux
Les despoulles laissa en quelque lieux
Et quenoulle print pour sa fuisee faire
Entre femmes dyamant precieux
Mist en ses dois pour qu'ilz peussent mieulx plaire
Ses gros cheveulx qui rudes moult estoient
Soubz rigle mist car il les acoutroit
Et de ses dois qui massues portoient
Ou temps passé avec fiseau filoit
A tous vivans ainsi que chascun voit
Amours si est passion naturelle
Ce des oyseaulx la nature apperçoit
Quant frapés sont d'amouretes soubz l'esle

Nam niger a viridi turtur amatur
Une turtre qui noire de plume est
Est bien souvent amé d'un vert oyseau

Les coulons blancs plus cler que le jour est
Avec les vers se jouent bien et beau
Se recors suis d'ung dit assés nouveau
Que sipho mist a pharaon par escript
Vienge du cueur/ du foye ou du cerveau
Tout sera vray sans contredit

Quid quadrupedes referam

Timidi cervi

Uruntur hyrcane tygrides

Vulnificus aper dentes acuti
Si nous voulons les chevaulx regarder
Amours le fait pour fumelle combatre
Les cerfz craintifz batailles sans tarder
Veulent avoir & pour amour debatre
De hircanie les tigres s'entrebatre
Pour la chaleur d'amours souvent on voit
Le porc sanglier pour mieux l'autre porc batre
Dens aguiser souvent on apperçoit

Peni quatiunt terga

Ardent ponti belue
Voir on pourroit de afrique les lyons
Leurs dos fraper quant amours leur esmeut
Les belues de pont par legions
Brulent de amour eschapper on n'en peut
Amours peut tout qu'on lui denie ne veult
Quant commande veult avoir obeissance
Des juvenceaulx les flammes il commet

Les feuz estains fait revivre a puissance

Virginum ignoto ferit igne pectus

Omnia vincit amor et nos cedamus amori

Des pucelles le courage et vouloir

Amours de feu incongneu brule et art

Pour quoy doncques me efforce je povoir

De nature les loix frisser et art

Amours vaint tout doncques en ceste part

Donnons lui lieu: c'est raison que ainsi soit

Servir le veuil et obeir tost et tart

Qui contre lui estrive se deçoit

Comment eurialus delibera estre amoureux de lucresse & charcha une macrelle

Hec ubi firmata sunt &c

Quant le baron de ferme & seur propos

Eut de servir amours deliberé

Macrelle quist qui a son mal repos

Peust recouvrer par son sens asseuré

A qui puisse pour estre beneuré

Lettres bailler & savoir la response

Pour que tousjours il ne soit maleuré

Et languissant par piteuse souffrance

Nisus huic fidus comes &c

Nisus estoit compaignon tresloyal

D'eurialus en telz choses bien fait

Cault et subtil par vouloir cordial

Macrelle quist et lui compte le fait

D'euriale qui ses lettres parfait

Et de nisus le retour attendoit
Quant ilz eurent tout conclud et parfait
La vielle ala ou l'en la conduisoit

Comment eurialus fist ses lettres & la teneur d'icelles

Littere in hanc sententiam scripte
Les lettres fist qui telz motz contenoient
Par mes escriptz dame vous saluroie
Se de salut mes esperitz avoient
Abundance ou se salut avoie
Mais tout salut de vie espoir & joye
De vous deppent plus que moy je vous ame
Et com je croy celer ne vous pourroie
Ma grant ardeur ce congnoissez ma dame

Judex tibi esse potuit vultus meus
Ce povez vous avoir veu en mon vis
Souventeffois de lermes arousé
Et les souspirs que avés de moy ouys
Vous ont assés mon grief mal devisé
Tant que je aye devant vous proposé
Tous mes griefz maux & ouvert mon courage
Benignement sans estre refusé
Soye escouté dame courtoise et sage

Cepit me decus victumque tenet
Vostre beaulté me tient prins & lyé
Par laquelle surmontés toutes dames
Que estoit amours jusques cy n'essayé
Par le command de cupido et flames
Asubjecté m'avés et corps et ames

J'ay resisté longuement ce confesse
Pour que peusse les violentes armes
D'amours vaincre et me tirer de presse

Sed vicit meos conatus &c.
Mais la clerté et resplendeur de vous
Mes grans effors a vaincu sans doubtance
Et de vos yeulx les rays plaisans & doulx
Par qui avés plus que soleil puissance
M'ont si vaincu que je n'ay resistance
Ains suis tenu/ a moy plus je ne suis
Car vous m'avés l'usage et soustenance
De pain et vin osté: menger ne puis

Te dies noctesque
Par chascun jour & chascune nuytee
Je vous ame/ desire & appelle
Je vous attens: en vous est ma pensee
En vous ayant espoir ma damoiselle
Je me esjouys de vous comme de celle
Avecques qui je suis tout et entier
Vous qui estes des dames la plus belle
Me povés bien saulver/ perdre ou noyer

Elige horum alterum
De moy saulver ou perdre elisés
Ce que en pancé avés vueillés escrire
Mais point vers moy plus dure ne soiés
De parole que des yeulx: ce desire
Par lesquelz yeulx m'avés mis en martire
Prins & lié comme poisson en nasse

Je ne requier fors que vous puisse dire
Ce que je rescris si devant vous parlasse

Hoc si das vivo
S'il est ainsi je vivray treseureux
Si ne se fait mon cueur sera transy
Qui vous ayme plus que lui si m'aist dieux
A vous du tout me rens/ baille et confy
Mon seul penser: sur ce a dieu vous dy
La deffense et garde de ma vie
De moy ayés memoire je vous pry
Car autrement ma vie seroit finie

Comment la macrelle receut les lettres de eurialus & ala vers lucresse

Has ubi gemma signatas
Quant la vielle eut les lettres receues
Qui signees et bien closes estoient
Hastivement print chemin par les rues
Qui vers l'ostel de lucresse menoient
Lors seule fut ses gens dehors estoient
La macrelle a lucresse lors dit
Des amoureux en quelque lieu qu'ilz soient
Le plus noble vous envoie cest escript

Comment la macrelle presente les lettres a lucresse

Hanc tibi epistolam
Le plus puissant/ courtois & gracieux
De la maison de cesar empereur
L'epistolle que cy devant vos yeulx
Voiés par moy vous envoie de bon cueur

Par prieres requiert vostre faveur
Et que de lui ayez pitié ma dame
C'est des barons tout le bruit & honneur
Sans reproche/ macule ne diffame

Comment lucresse fist semblant d'estre marrie pour ce que la macrelle estoit femme mal renommee & comment elle parle rudement a elle en lui disant que a elle ne se doit adresser

Erat lenocinio notata mulier
La vielle estoit pour macrelle clamee
Ce que tresbien lucresse congnoissoit
Et mal lui fist que femme mal famee
Devers elle ainsi on transmettoit
A ces causes lucresse lui disoit
Vielle infame qui t'a fait si hardie
De entrer dedens ma maison quoy que soit
Qui t'a fait cy venir par sa folie

Tu nobilium edes
Comme oses tu ens les maisons entrer
Des nobles homs pour leurs femmes seduire
Leurs mariages treschastes violer
A poy me tiens que ton chief ne decire
Tu m'apportes lettres vecy pour rire
A moy parles/ tu me regardes fays?
Je ne sçay point qui cecy te fait dire
Avisee n'es pas bien en tes fais

Nisi plus quod me decet &c
Se mon honneur plus je ne regardoie
Que le dangier de toy tresbien punir

Par mon labeur au jourd'uy tant feroie
Que tu n'aurois faculté de venir
Pour telz lettres d'amours faire tenir
Ne les porter a matrones ne dames
Car en prison te feroie retenir
Ou pleurerois les messages infames

I. ocius venefica
Vat'en d'icy: pars bien legierement
Vielle infecte venefique et mauldicte
Et tes lettres emporte vitement
Avecques toy pour que n'ayes poursuyte
Baille les moy et tantost d'une suyte
Les desrompre ou feu seront boutees
Trop as esté abusee et seduite
Telz folies seront bien reboutees

Comme lucresse print les lettres et les rompit faignant estre couroussee puis les foulla aux piés Et des parolles qu'elle dist a la macrelle et la response d'icelle

Arripiensque papyrum & cetera
Lucresse print le papier contenant
De eurialus le cordial amour
Elle rompit en iceluy foulant
Avec les piés puis cracha tout autour
En la cendre jetta tout sans sejour
A la vieille dist on deust ainsi faire
De toy qui es de feu digne en ce jour
Plus que de vin boire pour ton salaire

Sed abi ocius ne te vir inveniat meus

Mais neantmoins vat'en legierement
Que mon mary ne te treuve en cest lieu
Qui te feroit souffrir estroictement
Le suplice du mal que t'ay acreu
Garde toy bien que jamais apperceu
Ton corps ne soit devant moy ceste part
Car si ce fait de aucun estoit congneu
Tu seroies deffaicte tost ou tart

Timuisse talia mulier & cetera
La macrelle eust eu peur com je croy
Mais des femmes mariés sceust la guise
Et commença lors dire a par soy
Tresgrandement desires com je avise
Euriale puis que ainsi m'as reprise
Et que tu dis que de ce tu n'as cure
Je apperçoy bien que ce n'est que faintise
Tel voulsist bien qui dit je n'en ay cure

Moxque ad illam parce inquit
La vieille dist a lucresse pour dieu
Pardonnés moy ma dame je vous prie
Point ne cuidois que ce vous eust despleu
Ains pensoie je le vous certiffie
Tresbien faire: se ay failly par folie
Je vous supply supportés l'imprudence
Et me donnés par vostre courtoisie
Grace et pardon en lieu de penitence

Si non vis redeam parebo
Se ne voulés que retourne vers vous

Preste je suis de vostre plaisir faire

Mais avisés sagement a par vous

Quel amoureux des autres l'exemplaire

Vous refusés. ce disant part de l'aire

Et lucresse toute seule laissa

Vers l'amoureux pensa de soy retraire

Ou cueur du quel grande joye amassa

Comment la vieille macrelle raporte responce des lettres a eurialus et faint avoir bien fait la besongne et de la joye de eurialus

Eurialo invento respira inquit

Quant l'eut trouvé lui dist respirer fault

Vray amoureux des autres plus eureux

De lucresse le cueur tremble & tressault

Plus est de toy que n'es d'elle amoureux

Si n'a elle eu espace ne lieux

De rescrire/ triste je l'ay trouvee

Mais quant ton non ouyt ainsi m'aist dieux

Elle devint joyeuse et bien haitee

At ubi litteras &c.

Quant tes lettres elle tint entre ses mains

Par mille fois le pappier en baisa

Sans doubtance/ laisse douleurs & plains

Car en brief temps nouvelles t'envoiera

Lors la vieille qui de son cas peur a

Doubtant estre bastue et fustigee

Pour fallaces desquelles elle usa

S'est tout acoup partie et absentee

Comment lucresse aprés que la macrelle fut partie assembla les pieces des lettres de eurialus que elle avoit rompues & de ce qu'elle fist & dist

Lucretia postquam anus evasit &c

Quant lucresse vit la vieille partie
Et que seule demouree estoit
Elle chercha partie aprés partie
Ce que rompu et deciré avoit
Car les pieces en leur lieu remettoit
Les parolles froissees elle reunit
Si gentement que lire on povoit
Le contenu qui moult la resjouyt

Quod post milies legit &c.

Aprés qu'elle eut ce par mille fois leu
Par mille fois le baisa sans doubtance
En ung tresfin syndone fut receu
Mis et posé a grande diligence
En son coffre ou estoit sa chevance
Riches joyaulx le pappier rompu mist
En repetant mot a mot la substance
Dont amours beut qui moult languir la fist

Comment lucresse delibere rescrire a eurialus et la teneur des lettres qu'elle fist

Eurialo rescribere statuit

Elle ordonna que lettres envoieroit
A euriale ainsi que aprés s'ensuit
Ne desire car folie ce seroit
Ce que ne puis avoir soit jour ou nuyt
De tes lettres et messages le bruit

Faces cesser que plus n'en soys vexee
Et ne croy point que soye de ceulx que on dit
Qui se vendent ne de leur assemblee

Non sum quam putas &c.
Je ne suis point de celles que ymagines
Ne telle a qui doies macerelle envoier
Autre charche pour les faiz libidines
Car chaste amour vueil suivir et aimer
Avecques autres que moy pourras parler
Et faire ainsi que bon te semblera
Mais de cecy ne vien plus sermonner
Tu n'es digne de moy saiches cela

Comment euriale fut ung peu troublé des lettres dessusdictes touteffois il eut bon espoir

Hec epistola quamvis durior & cetera.
Combien que les lettres dessus escriptes
A euriale/ dures ung peu semblassent
Et contraires aux parolles ja dictes
Par la vieille et ne le consolassent
Se la voie et chemin ne montrassent
De bien povoir l'ung a l'autre rescrire
Il ne doubta pour que affin il menassent
Mieux leur amour par lettres son cas dire

Sed angebatur quia sermonis ytalici &c.
Mais il estoit grandement desplaisant
Qu'il ne povoit italien parler
Par estude curieux fut soignant
Et le langaige aprint au paraler

Amours le fist diligent escolier
Puis aperçoy epistoles compose
En langage qu'il souloit mendier
Et respondit ce que ensuit par sa prose

Comment eurialus respond aux lettres de lucresse et la teneur des ses lettres

Nil succendendum esse sibi & cetera.
Ne vous coursés a moy se j'ay transmis
Femme qui soit ville ou mal renommee
Comme estranger et ignorant le fis
Qui ne sçavois celle estoit mal famee
Plus honneste je n'eusse point trouvee
Amours/ de ce faire me contraignoit
Honneste fust infame ou diffamee
Amours sur ce certes lors n'avisoit

Credere se fore pudicam &c.
Dame je croy que estes chaste et pudique
Par ces moyens de plus grant amour digne
Femme qui est insolente inpudique
Je repute de amant avoir indigne
Femme d'honneur prodigue donne signe
D'aistre haye aymer ne la vouldroye
Car aussy tost que vergongne resine
Elle pert d'honneur la louenge et la joye

Formam esse delectabile bonum &c.
Fourme et beaulté sont delectable chose
Mais caduque et de trespetit pris
Se vergongne n'est parmy eulx enclose

Ne proffitent ains engendrent despris
Quant vergongne et beaulté sont comprins
Mis et posés ou cueur de quelque dame
On ne seroit de telle amer reprins
Car c'est chose divine et sans blasme

Ipsam utraque dote pollentem
Je sçay assés qu'estes riches et douee
De tous les deux pour ce vous ayme & prise
Et ne vouldrois soyés toute asseuree
Faire chose qui a vostre honneur nuyse
Quant vo renon et fame bien je avise
Ne les vouldroye blesser je vous asseure
Je ne requiers fors que puisse a ma guise
A vous parler quelque petit quart d'heure

Optare se tantum alloqui &c.
Mon couraige je vous vueil descouvrir
Et ce dire que je n'ose rescrire
Eurialus pour a ses fins venir
Dons et presens envoya pour vray dire
Que on povoit veoir trop plus par art reluire
Et ouvrage que par matere d'eux
Donner convient pour amours mieux conduire
On apaise par leur donner les dieux

Comment lucresse respondit aux lettres dessusdictes par les siennes desquelles la teneur ensuit

Accepi litteras tuas &c.
Lucresse print la plume pour escrire
Responce ad ce que dessus est escript

Puis commença en ses termes rescrire
J'ay tes lettres receues sans faire bruit
Croy complaindre ne me vueil par edit
De la vieille qui tes lettres porta
Que tu me aymes joye n'en ay ne despit
Tu n'es premier ne seul que ce fait a

Multi et amaverunt & amant me alii &c.
Ma beaulté a autres que toy deceu
Plusieurs pieça m'ont aymee mais present
Autres m'ayment desquelz ne sera sceu
Dit ne prouvé qu'ilz ayent jouyssement
Frustrés seront leur labour vainement
Ilz employeront ainsi que tu feras
Avecques toy parler aucunement
Ne puys ne vueil pour tant a dieu yras

Invenire me solam nisi fias yrundo & cetera.
Si yrondelle tu ne veulx devenir
Seule trouver pour vray ne me pourrois
La maison est si haulte que venir
On n'y pourroit et les portes et voyes
Tousjours closes de gardes affin chois
Tes dons ay prins pour que d'eux l'artifice
M'a tresfort pleu point ne les te renvois
L'ouvrage en est gent honneste & propice

Munera tua suscepi &c.
Mais touteffois ne croy point que vers moy
Ce retienne pour estre d'amours targe
Par le porteur ung aneau te renvoy

Qui autreffois fut donné par usage

Par mon mary a ma mere tressage

Pour tes joyaulx le t'envoye comme pris

Car la gemme precieuse du gage

Que t'envoye est de trop plus grant pris

Comment eurialus repliqua et le contenu de ses lettres qu'il envoye a lucresse

Magno michi gaudio &c.

Eurialus repliqua sur ce point

En la forme qui cy aprés s'ensuyt

Vostre espitre m'a aporté joy moint

Puis qu'il vous plaist ne faire plus de bruit

De la vieille mais desplaisir me suyt

De ce que mon amour vous desprisés

Car par amour nul plus ne vous poursuyt

Que moy aymant de amours tresfort exquises

Nam & si te plures

Plusieurs ayment mais un tout seul n'y a

Qui soit digne d'estre a moy comparé

Ce ne croyés une raison y a

Car de avec vous suis tousjours separé

Se de parler estoye auctorisé

Aymé seroys de vous sans contredire

A mon desir fusse ores commué

En yrunde pour mes desirs vous dire

Libentius transformari in pulicem vellem &c

Plus voulentiers puce je deviendroye

Lors fenestre ne pourriés fermer

Sy ne povés a mon cueur donner joye
Ne me desplaist mais me fait souspirer
Que ne voulés je ne vueil regarder
Autre chose que vostre bon vouloir
Las lucresse trop me faictes yrer
Quant ne voulés m'ouyr parler ne voir

An fieri possis me vobis alloqui
Comment se peut faire que ne voulés
Celuy qui est le tout vostre escouter
Et qui ne quiert fors ce que desirés
Le quel pour vous se yroit ou feu bouter
S'il vous plaisoit ad ce luy commander
Plustost seroit obey que commandé
Ne vueillés plus ce mot la reciter
Se ne povés ayés la voulenté

Me ne verbis eneca qui vitam oculis michi prebes
De parolle ne me vueillés tuer
Qui par ung seul regard me donnés vie
S'il ne vous plaist mon parler escouter
Et que impetrer puisse ce dont je prie
Je obeyray: mais du cueur vous supplie
Qu'il vous plaise vostre propos muer
Et ne dire que soit a moy folye
Ou temps perdu de a vous vouloir parler

Absit hec crudelitas &c.
Chassés dehors si grant crudelité
Soyés un peu plus doulce a vostre amant
Car si ainsi est que en ceste austerité

Perseverés n'en soyés point doubtant
Vous occirés cil qui vous ayme tant
Vostre parler trop plus tost me occiroit
Que ne feroit ung glayve fort tranchant
Plus contraire chose ne me seroit

Desino jam plura postere &c.
Je ne requiers chose pour le present
Fors ma dame que vous me vueillés amer
Tous vos objectz n'y font aucunement
On ne vous peut de ce vouloir garder
Dictes sans plus que m'aymez sans tarder
Et tout acop je seray beneuré
Et se mes dons vous pevent soulas donner
En ce me tiens pour joyeux et euré

Illa te aliquando mei &c.
De mon amour memoire donneront
Les petis dons/ autres je vous envoye
Qui sont moindres point ne vous desplairont
Car comme amant les transmés par la voie
Plus precieux valans plus de monnoye
De nostre pays apportés me seront
Quant les auray je vous en feray joye
Car aussy tost par devers vous yront

Anulus tuus nunquam ex digito meo recedet &c.
Soyés seure dame que vostre aneau
Jamais du doy ne me departira
Et tous les jours n'en doubtés bien & beau
Ou lieu de vous souvent baisé sera

Et de larmes mon oeil l'arousera

A dieu soiés tout mon bien et desir

Je vous requiers ce pou vous coustera

Que me donnés soulas/ joye et plaisir

Comment lucresse respondit aux dessusdictes lettres de eurialus. Et par ses lettres lui fait savoir que voulentiers l'aymeroit en faisant argumens pro et contra

Sic cum frequenter replicatum &c

Quant ilz eurent longuement repliqué

Ainsi que avons recité cy devant

Lucresse a bien son engin appliqué

Pour escrire lettres a son amant

Telz motz escript: euriale doubtant

Tu ne soies que je te complairoie

Tresvoulentiers aussi participant

De mon amour voulentiers te feroie

Nam id tua nobilitas & cetera

Ta noblesse & grant honneur bien vault

Aussi tes meurs que point ne ames en vain

Dire ne vueil signantement en hault

Combien me plaist ta beaulté soir & main

Ton visage de benignité plain

Mais de te aymer difficulté je fois

Aussi d'amours prendre la voie et train

Pour que mes meurs & nature congnois

Si amare incipiam & cetera

Se commence une fois a amer

Je ne tiendré ne rigle ne maniere

Tu ne peulx pas cy longuement arter
Et se une fois j'entre soubz la baniere
Du jeu d'amours n'est porte ne barriere
Qui de jouer me sceust contretenir
De toy suyvir n'est pas chose legiere
Tu ne vouldrois & je vouldrois suyvir

Movent me multarum exempla
Et touteffois puis je estre assés demeue
Par exemples de plusieurs nobles dames
Qui ont amé c'est chose bien congneue
Les estrangiers & perdu los et fames
Pour les amer ont souffert mains diffames
Car ilz les ont treslaschement laissees
Aprés qu'elles leurs avoient corps et ames
Saulvez & puis leurs corps abandonnés

Jason medeam cujus auxilio vigilem interemit drachonem &c
Jason occist le dragon sans doubtance
Par le moyen de la belle medee
Et par son art dont eut experiance
La toison d'or si lui fut delivree
Medee laissa qu'il avoit accordee
Lui promettant avec lui l'emmener
Trop laschement fut la foy discordee
Quant sans elle s'en voulut retourner

Theseus minothauro in escam
Minothaure eut thesee pour viande
Mors et glouty rungé et devoré
S'il n'eust tenu d'adriane la bande

Il estoit mort/ transsi et expiré
Adriane qui l'avoit remiré
Pour son amant le print & amoureux
En une isle par ung fait conjuré
L'abandonna comme fallacieux

Quid dido infelix
Dame dido qui royne de carthage
Fut en son temps receut en sa maison
Le duc enee qui lui sembloit si sage
Et qui subtif estoit comme lison
Quant el lui eut de corps & biens fait don
Il la laissa seulete et esgueree
Dont elle print de se occire achaison
Car el mourut doulente et esplouree

Scio quanti periculi est & cetera.
Je congnois bien quel peril et danger
C'est que d'aymer estrangiers incongneuz
Je ne me vueil en tel ordre renger
N'en telz perilz mettre c'est pour le mieulx
Les hommes sont fermes & courageux
Et bien sçavent de amour fureur refraindre
Mais quant femme est du dart amoureux
Frappee au vif le feu ne peut destaindre

Sola potest morte assequi terminum
Car elle ne peut que par mort fin bouter
A son amour: femmes pas proprement
N'ayment: ains plus affolent sans doubter
En leur amour n'a quelque attrempement

Et s'il avient que amour egalement
A leur fureur ne soit correspondant
Il n'est chose qui si cruellement
Se contienne ne si mal concordant

Postea quam receptus est ignis &c.
Quant une fois du feu d'amours ardons
Nous ne doubtons perdre vie ne renom
Et remede aucun ne regardons
Fors que jouyr de ce que nous amon
Car de tant plus que ce moins nous avon
De tant est il par nous plus atiré
Aucun peril ou dangier ne craignon
Mais que puisson jouyr du desiré

Michi ergo nupte nobili diviti
Et pourtant je qui noble et riche suis
Et mesmement suis femme mariee
Vueil a amours la porte clorre & l'uys
Sur tout au tien qui point longue duree
Ne peut avoir affin que rhodopee
Philis ne soys ou autre sapho dicte
Par toy me soit ceste chose accordee
Ne me fay plus de amours quelque poursuite

Et tuum ut paulatim comprimas
Que tu vueilles destaindre te supply
La grant amour qu'as envers moy conceu
Car es hommes n'est point si acomply
Amours qu'il est quant en femme est receu
Si tu me aymes comme j'ay par toy sceu

De ce ne dois pour voir me requerir
Qui plus de mort que de vie me soit veu
Donner cause ce ne dois tu querir

Pro tuis donis remitto &c.
Une croix d'or te renvoie pour tes dons
De tresbelles marguerites ornee
Et ja soit ce se bien la regardons
Que petite et courte soit trouvee
El ne sera ja pour ce moins prisee
Prix et bonté en soy beaucop contient
Ce congnoistras quant bien l'auras visee
A dieu soies qui tout en sa main tient

Non tacuit eurialus & cetera
Point ne se teut euriale courtois
Quant les lettres de sa dame eut receu
Mais embrasé d'amours comme autre fois
Epistole escrire lui a pleu
Pour nouvelles lettres qui lui ont pleu
La plume print & se mist a escrire
Comme il sera cy aprés veu et leu
Formelement telz motz ou peu a dire

Comment eurialus respond aux lettres de lucresse et lui soult tous les objectz qu'elle a faitz

Salve anime mi lucretia
Mon cueur m'amour lucresse dieu vous gard
Par vos escriptz qui tout sain me rendés
Combien que vous meslés en quelque part
De vos lettres du fiel et mordés

Mais s'il avient que vous vous accordés
A moy parler: tout aigreur mise arriere
Je suis bien seur sans que plus vous tardés
Que me ferés voulentiers bonne chiere

Venit meas in manus & cetera.
Entre mes mains sont vos lettres venues
Tresbien sellees de vostre aneau & signe
Par plusieurs fois les ay baisees & leues
Mais peut sembler que la lettre designe
Aautre chose que ce la ou s'encline
Vo courage qui me vient requerir
Qu'en vostre amour mette fin & termine
Pour que estrangier ne vouldriés suyvir

Et ponis exempla deceptarum
Et des dames qui ont esté deceues
Les exemples bien au long avés mis
Si ornement quant bien elles seroient veues
Que je devrois ainsi qu'est mon advis
Et vostre engin aussi vos faitz & dis
Esmerveiller & louer sans doubtance
Plus que oublier a ce ne contredis
Ains plus ayme vo savoir et prudence

Quis est ille qui tunc amare desinat & cetera.
Qui est celui qui a aymer lerroit
Une dame quant la verroit si sage
Se vouliés mon amour cy endroit
Diminuer vostre plaisant language
De doctrine plain & non en usage

Ne deviés en vos lettres coucher
Car ce m'a plus abstraint en vo servage
Et causé soif que je ne puis estancher

Ignem maximum ex parva conflare favilla &c.
Ung bien grant feu causé d'une estincelle
Petite assés avés fait et causé
Car quant j'ay leu et veu vostre epistelle
Amours m'ont plus que devant embrasé
Si tost que j'ay apperceu et visé
A vo beaulté doctrine estre conjoincte
Il n'est homme tant soit bien avisé
Qui ne sentist de vostre amour la pointe

Verba sunt tamen quibus rogas
Les paroles de vos lettres requerent
Que desiste de vous suivre & amer
Mais requerés ains que telz choses viennent
Que montaignes puissent en plaine aler
Des fontaines les ruisseaulx reculer
En leurs sources & obscure carriere
Tant me pourrois de vous amer passer
Com le soleil peut reculer arriere

Si possent carere nivibus
De sithie quant sans naige seront
Les montaignes & sans poissons la mer
Et que haultz bois & forestz demourront
Sans les bestes sauvages: lors prier
Me deverés que je vueil oublier
Vostre plaisant et delectable amour

Que les hommes puissent si de legier
Leurs vrays amours oublier c'est erreur

Nam quod tu nostro sexui ascribis plerique vestro assignant
Ce que aux hommes de aymer legierement
Attribués: aucuns dient le contraire
Et des femmes dient veritablement
Ce estre entendu: de cela me vueil taire
Mais bien je vueil a ce response faire
Quant vous dictes que ne voulés aymer
Pour estrangiers qui ont voulu desplaire
A leurs amours & les abandonner

Exempla ponis sed possem ego plura referre
Des exemples vous avés assés mis
Mais je pourrois des amans assigner
Qui des dames ont esté relenquis
Crisis je vueil pour exemple amener
Qui troilus bien sceut abandonner
Filz de priam helaine si deceut
D'eiphebus: & circés sceut muer
Ses amoureux en pourceaux quant lui pleut

Sed iniquum est ex paucorum consuetudine totum vulgus censere
Par ses herbes et faulx enchantemens
Ses amoureux en bestes transformoit
Mais c'est chose inique com je sens
Et qui pas bien en raison ne seroit
Se pour vices de aucuns on arbitroit
Tout le monde pareil & vicieux
En personne fiance on ne auroit

Trop ravalés seroient les vertueux

Nam si sim peregrinus &c.
Et supposé que je soye estranger
Et que pour cinq ou dix hommes pervers
Vous me vueillés a eulx comparager
Hayr/ blasmer a tort et a travers
Pareillement soit a droit ou envers
Toutes dames je pourrois accuser
Pour les autres qui par ars tresdivers
Les hommes ont prins pour les cabuser

Quin potius alia sumamus exempla
Mais je vous pry autre exemple prenon
Et regardons de quel amour aymerent
Marc anthoine/ cleopatre et voyon
Que l'un l'autre oncques n'abandonnerent
Assés d'autres les acteurs en referent
Que pour cause de brefveté je passe
Car mes lettres sommerement requierent
Que des mauvais exemples soiés lasse

Ovidium legisti &c
Vous avés leu ovide com je croy
Et avés bien memoire & souvenance
Que plusieurs grecz en retournant chiés soy
Ont recouvert amours et aliance
De leurs dames tant aymé la plaisance
Qu'en leur pays jamais n'ont retourné
Plus ont aymé avoir peine et souffrance
Que leurs dames avoir abandonné

Domo regnis et aliis que sunt
Ils ont esleu laisser royaulmes/ pays
Et les choses qu'ilz avoient trescheres
Com s'ils feussent de leur maison banis
En soustenant plusieurs douleurs ameres
Pour resider et faire leurs repaires
Avec celles que avoient pour dames prinses
Ont enduré toutes choses contraires
Jusques a la mort sans aucunes reprinses

Hec te rogo mi lucretia & cetera.
Je vous supply ma dame que pensés
Au bon vouloir que j'ay de vous servir
Le contraire je vous prie delaissés
Ne vous vueille des mauvais souvenir
Car je vous vueil de tel vouloir suivir
Que a tousjours mais loyaument aymeré
Pour vostre honneur & bon non soustenir
Vostre je suis ay esté et seré

Nec te me pegrinum & cetera
Ne dictes point que estranger je soye
Citoien suis mieulx que cil qui est né
De ce lieu cy/ car pour plaisir & joye
Election m'a pour tel ordonné
L'autre si est citoien destiné
Par fortune et je n'ay pays quelquonques
Fors cil ou est vo gent corps aourné
De tout honneur cytoien suis je doncques

Et quamvis aliquando & cetera.

Et ja soit ce que quelque fois departe
De ce lieu cy bien tost je reviendré
En alemaigne soit a gaing ou a perte
Ne retonray si non que je prendré
Temps pour aller ou quel je contendré
De mes choses ordonner pardela
Puis tout soudain devers vous m'en viendré
Assés moyens trouveray de cela

Multa his in partibus cesaris negotia sunt
Car l'empereur a tousjours des affaires
En ce pays pour lesquelz exploiter
Il envoye par deça commissaires
Pour les choses faire et executer
Je trouveray façon sans arrester
Que je obtendray quelque commission
De ce ne fault aucunement doubter
Que ne aye assés charge et legation

Nec dubita suavum meum lucretia &c.
Ma joye m'amour lucresse ma doulceur
Tout mon espoir et mon seul souvenir
Se possible est que je vive sans cueur
Lors vous pourray seulete relenquir
A vostre amant vueillés donc subvenir
Car tout ainsi comme la nege font
Par le soleil vous me voirrés finir
Se vos graces imparties ne me sont

Considera meos labores &c.
Dame pour dieu regardez les labours

Que j'ay souffers pour vostre amour acquerre
Et vous plaise mettre dedans briefz jours
Fin a mon dur martire qui me serre
Si fort le cueur pour quoy menés tel guerre
A vostre amant et tant le cruciés
Je me esmerveil que je suis vif sur terre
Veu que si peu de moy vous souciés
Comme ay je peu tant de maulx endurer
Et tant passer nuitz et jours sans dormir
Tant de jusnes sans boire ne menger
Je suis maigre on me voit bien blesmir
Pallir le vis ce qui peut retenir
L'ame dedans mon corps est peu de chose
Se vostre amour ne me veult subvenir
Mourir me fault mon ame ne repose

Si tibi aut parentes aut filios
Si voz parens pere mere & enfans
Avoye mis a mort plus grief torment
Je ne pourrois endurer que je sens
Doncques se ainsi suis puny griefvement
Qui vous ayme de cueur parfaictement
Que pourrés vous a vos ennemis faire
Ilz ne sauroyent mourir plus griefvement
Qu'il me convient se me estes si contraire

Ha mea lucretia mea hora mea salus & cetera
Ha lucresse mon salut et ma dame
Mon refuge recepvez moy en grace
Rescrivés moy que vous me amés sans blasme
En tout honneur sans ce que mal vous face

Et que vous suys/ en chascun lieu & place
Amé chery loyal et bien voulu
Dire puisse sans aucune fallace
De lucresse suis servant retenu

Nil aliud volo
Autre chose ne vueil pour le present
Les empereurs ont aymé leurs servans
Quant ont congneu leur bon gouvernement
Et que loyaux estoient et bien veillans
Et de ce amer n'ont esté desdaignans
Qu'ont aperceu leurs serviteurs amer
Mon seul espoir que tant suis redoubtans
Adieu soyés tant en terre qu'en mer

Comme lucresse fut vaincue par les lettres de eurialus

Ut turris que fracta & cetera
Comme une tour qui est dedens froissee
Et par dehors semble estre invincible
Par la paroy dont elle est apuyee
Qui la sentoient mais tantost deffectible
Est rendue froissee et vincible
Quant la paroy et soubstenement fault
Lucresse ainsi fut vaincue et ductible
Par le parler ingenieux et cault

Postquam enim sedulitatem & cetera
Quant elle eut veu et congneu clerement
De son amant la grant perseverance
L'amour que avoit en bien dissimulant
Tenu couvert elle mist en congnoissance

Si tresclere qu'elle n'eut pacience
Ains escrivit tantost a son amy
Luy descouvrant qu'elle estoit en oultrance
Navree d'amours en son cueur tout parmy

Comment lucresse escrit a eurialus qu'elle se rend a luy et lui donne son amour

Non possum tibi amplius & cetera
Euriale cher et amy parfait
Je ne pourroys contre toy resister
Et si ne puis par moyen ne par fait
De ton amour mon cueur desheriter
Tu m'as vaincue tienne suis sans doubter
Ha moy lasse qui tes lettres receu
En grans perilz il me convient bouter
Puis que d'amours vueil congnoistre le jeu

Nisi tua me fides
En grans dangiers certes me trouveré
Si tes bonnes vertus foy et prudence
Ne subviennent ne sçay que je feré
Je te supply pren bien garde et y pense
D'entretenir comme j'ay ma confidence
Ce que as promis et escrit tant de foys
A ceste heure sans plus faire d'instance
En ton amour legierement m'en voys

Si me deseris et crudelis &c.
Se me laisses de tous seras le pire
Traitre et cruel que jamés dame vit
Une femme est aisee a seduire

Mais de tant que plus aise on la seduit
De tant en est le fait aussy le bruit
Plus infame pour cil qui ce meffait
Avant que entrer plus avant ou deduit
Avison bien qu'il n'y ait rien forfait

Si putas me deserendam.
Se tu me veulx laisser quelque saison
Dy le moy tost ains que amours plus me blesse
Ne commençon chose dont nous puisson
Nous repentir bien forvoye qui s'adresse
Car de tous faitz par prudence & sagesse
On doit la fin prevoir et aviser
Femme je suis qui n'ay pas la noblesse
Ne le savoir de la fin bien viser

Tu vir es te mei et tui & cetera
Tu es homme qui la charge prendras
Et la cure totalle de nous deux
Et des present le faict entreprendras
A toy me rens donne & livre en tous lieux
Ta foy suivray soyes jeune ou vieux
Je ne me rens a toy pour aucuns jours
Tant que la mort par dart pernicieux
Nous separe tienne seray tousjours

Vale meum presidium & cetera
Adieu te di mon amour ma deffence
Tout mon plaisir conduite de ma vie
Quant les amans eurent a souffisance
Escript assés d'une et d'autre partie

Et que l'amant pour vray n'escrivoit mie
Si ardamment que lucresse faisoit
Ung seul desir avoit je vous affie
Comme seul a seul ensemble on parleroit

Sed arduum ac pene impossibile
Mais se sembloit chose pres que impossible
Pour la grande multitude des yeux
De toutes gens qui prenoient au possible
Sur lucresse garde comme envieux
Jamais n'aloit seule en quelquonques lieux
Sans garde avoir car de juno la vache
Ne fut oncques par fait si curieux
Gardee d'argus comme lucresse sans tache

Menelaus jusserat observari
Menelaus qui estoit son espoux
Avoit ainsi commandé la garder
Car ce vice d'estre ung peu trop jaloux
Es ytalles voit on fort habunder
On n'oseroit leurs femmes regarder
Comme tresor/ sont en chambre recluses
Trop grant prouffit n'y sauroie regarder
On pert souvent choses soubz clef incluses

Sunt enim fere eiusmodi mulieres omnes
Et les femmes sont de ceste nature
Pres que toutes qu'il desirent avoir
Ce que on leur a par diligente cure
Soit main ou soir prohibé c'est le voir
Se on les prie ce n'est pas leur vouloir

Quant on ne veult lors desirent que on prie

Se on leur lache la bride a leur povoir

Elle se efforcent faire moindre folie

Tam facile est invitam custodire mulierem quam in fervente sole pulicum gregem observare

Garder femme de faire a son plaisir

Quant une fois ne veult autrement faire

N'est possible point plus que de tenir

A la grande chaleur de corps solaire

Quelque assemblee de puces soy retraire

Et chastement vivre quant ne luy plaist

A nature de femme est contraire

Se de sa part et costé chaste n'est

Frustra maritus nititur apponere servantes

Et ne prouffite aux mariz les garder

Par serviteurs car femme est trop subtille

Elle sçaura cautement regarder

L'un des servans plus tost que au sault laquille

La folie & n'eust il croix ne pille

Pour des siennes jouer commencera

Avec cellui qu'elle voirra plus abille

Et qui son fait mieulx celer elle voirra

Indormitum animali est mulier &c.

Femme est beste que on ne peut chastier

Ne avecques frain quelquonques retenir

Car elle scet ses longs poins espier

Quant elle veult aller ou revenir

Lucresse sceut a ses fins parvenir

Ung frere avoit le quel bastard estoit

Pour de lettres euriale fournir

De ces amours messager le faisoit

Comment lucresse fist un frere bastard qu'elle avoit messager des amours de eurialus et d'elle et ce qu'elle luy dist

Cum hoc convenitur eurialum ut clam domi recipiat

Lucresse dist au frere dessusdit

Qu'en la maison boute secretement

Euriale cest frere ja predit

Residence faisoit entierement

Chés la mere de lucresse ou souvent

Elle hantoit et l'aloit visiter

Et sa mere venoit pareillement

Avecques elle parler et quaqueter

Nec magno intervallo distabant

L'une n'estoit de l'autre loing sans doubte

Et fut l'ordre tel de leur entreprinse

C'est que euriale le frere bastard boute

Ens en chambre quant la vieille a l'eglise

Alee sera et que lucresse advise

Tantost entrer attendant le retour

De sa mere elle jouera a sa guise

Faire pourra d'amourettes maint tour

Comment eurialus et lucresse cuiderent ensemble parler chieux la mere de lucresse mais ilz furent deceupz

Post biduum statutus erat terminus &c.

Deux jours aprés on avoit terme mis

Qui aux amans plus de deux ans durer

Peurent sembler car quelque bien promis

Aux attendans trop sembler demourer
Lors fortune ne voult favoriser
Aux deux amans ne leur desir parfaire
Car la mere sceut cautement viser
De l'emprinse et embusche l'affaire

Atque ut dies venit egressa &c
Puis quant le jour assigné fut venu
La mere qui a l'eglise tendoit
Son fillastre lors a circonvenu
Et luy a dit que l'uys clorre vouloit
Que hors allast remede n'y avoit
Ses nouvelles a euriale porte
Qui desplaisant et triste cueur avoit
Et lucresse par conformante sorte

Comment lucresse proposa trouver autre moien pour parler a eurialus par le moien de pandalus

Que postquam detectos agnovit dolos & cetera
Quant lucresse congneut que descouverte
Fut l'embusche & maniere de faire
Dist a soy: puis qu'en ceste voie a perte
Autre chemin & autre part fault traire
Tout le povoir de ma mere retraire
Ne me pourroit garder de ma plaisance
Et volupté comme l'entens parfaire
On ne pourroit me faire resistance

Pandalus vero affinis erat
Pandale estoit aucunement affin
De lucresse et son secret savoit

Tant vers amours avoit le cueur enclin

Que la dame reposer ne povoit

A euriale manda que aider se doit

De pandale loyal/ seur et secret

Car la voie d'eulx assembler povoit

Trouver acoup par amoureux decret

Comment eurialus ne se voulut confier en pandalus et ce temps pendant fut envoié dehors par l'empereur. De la contenance de lucresse & de ce qu'elle fist

At eurialo non videbatur tutum illi se credere.

Euriale seur point ne reputoit

Soy confier en pandale servant

Car chascun jour aler il le voyoit

Pres du mary lucresse le suyvant

A ces causes euriale doubtant

Quelque embusche ou fallace latente

Sur ce point fut ung peu deliberant

Et differa de reconfort la tente

Inter deliberandum jussus est eurialus romam petere

Tandis que ainsi sur ce deliberoit

Euriale: l'empereur lui a dit

Que vers romme aler lui convenoit

Et avecques le pape par edit

Transaction faire sans contredit

Touchant le fait de son couronnement

Dont triste fut quant on lui a ce dit

Et lucresse le porta aigrement

Sed oportebat imperium cesaris facere & cetera

Mais convenoit le mandement parfaire
De l'empereur: deux mois il demoura
A lucresse chose ne povoit plaire
En sa maison seulete se tira
Ses fenestres par jour elle serra
Abis de pleur & de deul el vestoit
Oncques sortir tant que le temps dura
On ne la vit tousjours triste elle estoit

Mirantur omnes nec causam noscunt
De lucresse chascun se esmerveilloit
Car la cause de ce ne congnoissoient
Senes veufve lors dire on povoit
En tenebres toutes choses sembloient
Estre: ainsi que se privés estoient
De la clarté du soleil sans doubtance
Ses serviteurs qui coucher la voyoient
De quelque mal la dient avoir souffrance

Et quicquid remediorum afferri poterat
De remedes et toutes medecines
On lui faisoit offre pour la guerir
Mais on ne sceut aviser quelques signes
Dont on congneust qu'el se sceust esjouir
Rire ne veult ne de chambre saillir
Fors quant el sceut euriale arrivé
El ne voulut aucunement faillir
Car elle avoit avantage et yvé

Tunc enim quasi egram somno excitata &c
Et tout ainsi que se on l'eust esveillee

D'un grief dormir: l'abit de deul hors mis
Lors de riches vestemens aornee
Ses fenestres ouvrir elle a permis
Esquelles a son gracieux corps mis
En attendant de euriale la veue
Joyeusement se contint vis a vis
Pour qu'elle fust de euriale apperceue

Comment l'empereur dist a eurialus qu'il ne failloit doubter que lucresse ne l'aymast et la response de eurialus

Quam ut cesar vidit &c.
Quant l'empereur cesar vit la mignongne
A eurial qui pres de lui estoit
Dist. a ce cop voy bien que la besongne
Est congneue qui tant couverte estoit
Plus denier le fait on ne sauroit
Oncques homme n'a lucresse apperceue
Tant que dehors as esté. orendroit
Est l'aurore et clarté revenue

Quis enim modus assit amori
En amours n'a ne moien ne mesure
Plus ne peut on amour que tous celer
Eurial dist ce vous vient de nature
De vous ainsi avecques moy jouer
Et de rire me faictes tressuer
Je n'entens point ce de quoy me parlés
De la venir l'ont peu exciter
Le bruit des gens que on fait quant hors alés

Comment eurialus et lucresse se entresaluerent des yeulx secretement

Atque sic effatus lucretiam furtim aspexit

Quant eut ce dit getta furtivement

L'angle de l'oeil pour sa maistresse voir

Et la les yeulx sceurent mignotement

Bien saluer l'ung l'autre & pourvoir

Que cela fust jusques a leur revoir

Premier salut: sagement y ouvrerent

Car on ne peut leur amour percevoir

Fors seulement ceulx qui bien les celerent

Comment nisus compaignon secret de eurialus apperceut une taverne derriere l'ostel de lucresse de la quelle on povoit facilement parler a elle

Paucis deinde interjectis diebus

Aprés aucuns peu de jours ensuyvans

Nisus qui fut compaignon tresloyal

D'euriale & de son fait soignans

Ainsi que doit ung amy cordial

Quelque taverne et lieu fort percial

Il avisa qui estoit ou derriere

De la maison lucresse especial

Pour leans gaudir & faire bonne chiere

In lucretie cameram retrorsum habebat intuitum

Ce lieu du quel ay cy devant parlé

En la chambre lucresse regardoit

Le tavernier il a concilié

Donné promis comme en tel cas on doit

Le lieu par lui bien visé la endroit

Euriale mena tresamoureux
En lui disant que de la quant vouldroit
Lucresse a lui parleroit entre eulx deux

Media inter utramque domum cloaca fuit
Entre l'ostel du tavernier et cil
De lucresse ung grant evier avoit
Tout plain de eaue que homme tant fust subtil
Pas le soleil arriver n'avoit
Bien troys aulnes de distance y avoit
Depuis l'ostel jusques a la fenestre
De lucresse: l'amant la se seoit
En esperant ses yeulx povoir repestre

Comment lucresse apperceut eurialus et parla a lui

Nec deceptus est affuit tandem lucretia & cetera
Euriale ne fut point lors deceu
Car lucresse tantost se presenta
De sa fenestre a euriale apperceu
Puis lui a dit: a mon amy qui t'a
En ce lieu mis: tu es celui qui a
De ma vie tout le gouvernement
Mon cueur/ m'amour tourne les yeulx deça
Ma deffense tout mon soustenement

Tuus hic eurialus est &c.
Ha ma dame voyés cy vostre amant
Vostre eurial regardés s'il vous plaist
Mon euriale dist el que j'ayme tant
Avec lequel parler grant joye m'est
A mon desir que je feusse ou il est

Pour que embrasser le peusse a ma plaisance

Chose ou monde plus gracieuse n'est

C'est mon espoir/ mon bien/ ma soustenance

Comment eurialus parle a lucresse

Ad istud eurialus non magno conatu faciam &c

Eurialus a cela respondit

Legierement ce moyen trouveré

Une eschelle prendré sans contredit

De la chambre soit par vous l'uys serré

Ha ma dame trop avons differé

De nostre amour la plaisance et fruit

Avecques vous facilement iré

Par l'eschele sans faire quelque bruit

Comment lucresse dist a eurialus qu'il ne se fiast point ou tavernier & qu'il failloit trouver autre moyen

Sane mi euriale si me vis salvam

Euriale mon amy garde toy

Se tu me veulx de grant danger saulver

Car a dextre y a comme je croy

Fenestrelle qui moult pourroit grever

Et le voisin rien ne vault: point fier

En telz houliers homs sage ne se doit

Pour poy d'argent/ qui lui vouldroit donner

Nous deux amans en une heure perdroit

Sed alia incedamus via

Autre chemin certes nous fault tenir

Dist lucresse: ce pour present suffist

Que avons trouvé lieu par ou peut venir

Nostre parler et dire ce qui gist
Dessus le cueur: lors euriale dist
La vision de vous dame m'est mort
Plus que salut se vo corps ne sortist
Entre mes bras pour me donner confort

Diu ex hoc loco tractus est sermo
En ce lieu la parlerent longuement
Et furent dons d'ung a l'autre envoiés
Par ung baston qui estoit proprement
Cave & creux non moins aperciés
De lucresse aussi ou moins prisés
Furent les dons que d'eurial sans doubte
Car liberaux furent savoir povés
A qui mieulx chascun son engin boute

Comment sozie apperceut les cautelles de eurialus et lucresse & comment il tachoit trouver les moyens par lesquelz il gardast lucresse d'infamie

Sensit dolos sozias &c
Mais sozie du quel par cy devant
Avons parlé les cautelles perceut
A lui mesmes s'en va cecy disant
Que en vain tasche ce qu'empescher ne peut
Ce ne pourvoie dist il tant que se deult
Ma maistresse/ elle sera perie
Qu'el n'encoure cy note de infamie

Ex his malis &c
De deux maulx fault le plus grant eviter
C'est le meilleur pour ceste heure que voie

Secretement amer et habiter
Peut ma dame sans danger avoir joye
Par trop amer aveugle est sans qu'el voye
Souffisamment ce que regarder doit
Presentement est requis que je essoie
De deux choses que l'une gardee soit

Si non potest custodiri &c.

Se chasteté ne peut estre gardee
Oster convient le rumeur du vulgaire
Pour que toute infamie soit ostee
De la maison & que meurtre qui faire
Lors se pourroit sans quelque contraire
Chasse dehors je vueil la charge prendre
De ce fait cy puis qu'il est necessaire
Tout mon povoir a ce je vueil extendre

Restiti quoad potui ne &c

A mon povoir j'ay resisté tousjours
Que ce cas cy ne sortist quelque effait
Quant je ne puis qu'ilz ne jouent de leurs tours
Plus empescher tendre me fault de fait
Que ce faict cy soit occultement faict
Et si secret que aucun chose n'en sache
Si ne sera point le cas si infait
Ne maculé de si villaine tache

Commune malum libido est

C'est ung vice commun a tous humains
Que luxure homme n'est qui ne sente
Les esguillons de la char soir ou mains

Tant soit povre riche ou doué de rente
Que celluy soit plus chaste me contente
Qui cautement scet bien son fait conduire
En ce disant avisa la tresgente
Lucresse qui sortoit pour soy deduire

Comment sozie vint parler a lucresse pour qu'ilz fust mediateur de l'amour de eurialus et d'elle

Aggressusque feminam &c.
Cil s'en ala tout droit au davant d'elle
Et luy a dit dame je m'esbahis
Que ne m'avés du moins quelque parcelle
De vostre amour dit baillé et commis
Je sçay assés que euriale est amis
Et cher tenu de vostre gentillesse
Secretement amer se avez promis
Gardez que foy on vous garde & promesse

Primus sapientie gradus est non amare &c
Car en amours de droicte sapience
Le principal degrey et le premier
Est non aymer mais que d'amer s'avance
Pour le segond degrey et derrenier
Doit sur toutes choses bien aviser
Que son amour soit celé et couvert
Qu'il ne vienne en appert doit viser
Et que son cas ne soit point descouvert

Sola hec sine internuncio facere non potes
Tu ne pourrois seule sans messager
Le fait d'amours a la longue conduire

Tu congnois bien que suis prompt & legier
A toy servir sans en rien contredire
Et de long temps autant qu'il peut suffire
Ma loyaulté et foy as esprouvee
Communiquer si tu me veulx et dire
Tous tes secrés ja n'en seras coursee

Jube michi maxima cura est
Commande moy tes vouloirs & plaisirs
Je acompliray tout au mieulx que pourray
Car la plus grant partie de mes desirs
Est que ton fait soit sans bruit asseuré
Tenu secret que ton cueur en serré
Ne soit aprés de peine et desplaisance
Que n'en seuffres les moyens je querré
Ne ton mary sur tous/ c'est ma plaisance

Comment lucresse respond a sozie qu'il dit bien et que de ces amours secrettes se veult en luy fier et messager le faire Et luy baille charge de parler a eurialus

Ad hec lucretia sic est ut ais sosia
Lors lucresse respondit a sozie
Il est ainsi que tu dis proprement
Et grandement en toy je me confie
Si me semble que as trop negligemment
Mon fait conduit et que totalement
A mes desirs resister tu voulois
Mais puis que tu t'offres si loyaulment
De toy servir me vueil a ceste fois

Neque abs te decepi timebo

Point ne craindray estre par toy deceue
Tu scés assés que le feu d'amours m'art
Et que ay en moy si grant chaleur conceue
Que la flambe me brule tost et tart
Plus ne pourrois vivre se par quelque art
Ceste chaleur n'est exteinte et ostee
Je te supply ayde moy ceste part
Et fay de deux amans une assemblee

Eurialus amore languet & ego morior &c
Euriale mon doulx amy languist
Las et je meurs si je n'ay allegence
Il n'est chose qui plus de mal me fist
Que d'empescher nostre concupiscence
Car se une fois nous avons jouyssance
L'un de l'autre nostre amour temperé
Tantost sera et couvert sans doubtance
Secret sera et trop plus moderé

Comment lucresse mande a eurialus par sozie qu'il se veste d'un roquet en guise d'ung porteurs et qu'il vienne avecques les autres dedans quatre jours quant les fermiers ameneront les grains et qu'il entre en la chambre de la quelle l'uis euvre sur le degré

Vade igitur eurialoque viam unicam
Vat'en tout droit a luy je te supplie
De a moy parler un seul moien lui euvre
Tu luy diras je te prie n'y fains mie
Que a quatre jours d'icy tout prest se treuve
Que d'ung roquet il se veste et couvre
Et vienge avec les paisans qui viendront

Pour aporter du fourment qu'il recouvre
Sac ou pouche ja garde n'y prendront

Opertus sacco triticum &c
Quant ilz seront arrivés tous ensemble
Que sur son col sa pouche de blé charge
Et montera tout droit se bon luy semble
Par les degrés comme paisant de village
Jusques au garnier a la forme et usage
Que les paisans ont acoustumé faire
Ce luy dirés comme prudent et sage
Que bien sache son emprinse parfaire

Tute scis thalamum meum
Tu congnois bien que l'uis de ma chambre euvre
Sur les degrez tout cecy luy diras
Faulte n'aura que ce jour ne me treuve
En ma chambre seule luy noteras
Ainsi que bien faire tu le sauras
Dy luy que seul l'uys de ma chambre boute
Et qu'il entre dedans ce parferas
Ainsi que j'ay en toy fiance toute

Comment sozie delibere faire son message a eurialus

Sozias quamvis arduum facinus &c
Et ja soit ce que le fait difficille
Grant et pesant a sozie semblast
De deux vices le moins mal comme abille
Voulant fuir/ sans que plus deloyast
Ceste charge ainsi que s'il doubtast
Trop plus grans maulx ensuivir print sozie

Disant a soy qu'en quelque lieu trouvast
Euriale ne luy celeroyt mye

Comment sozie fait son message de par lucresse a eurialus et comment eurialus se apresta et fut acoup prest

Que ille indicans levia libenter &c.
Tout par ordre fut narré le message
A l'amoureux par le loyal sozie
Euriale receut de bon courage
Tous les commans et charges de sa mye
Tout luy estoit legier n'en doubter mie
Pour ce faire se apresta vistement
La demeure grandement luy ennuye
A qui atent ennuye communement

L'acteur fait invective contre les folz amans

O insensatum pectus &c
O poictrine et pensee mal sensee
De fol amant aveugle peu voyant
O cueur sans peur trop asseuree pensee
Quelle chose est a parfaire si grant
Que petite ne reputes rien tant
N'est aspre ou dur que ne dies plain & doulx
Rien si bien clos n'est que ne dies contant
Par toy povoir estre ouvert a tous coups

Tu omne discrimen parvifacis
Il n'est danger qui ne soit mis en soubte
Par toy car rien si ne t'est difficile
Toute garde tant soit elle resoulte
Des caulx maris reputes inutile

Loy quelconques ne veulx avoir en ville
N'estre subject a crainte ny a doubte
Tout labour t'est comme jeu tresfacille
En tous tes fais aveugle ne vois goute

Invective contre cupido dieu d'amours et filz de venus

O rerum amor domitor omnium
O cupido dieu d'amours vainquisseur
De tous humains: le premier tu contrains
Et plus prochain de cesar de age meur
Plus accepté plus riche d'engin fains
Lettré prudent laisser pourpres & trains
D'une vieille pouche sa robe faire
De couleur faux son visage estre tains
Et de seigneur en serf se contrefaire

Qui nutritus in deliciis fuerat
Tu contrains cil qui de coustume avoit
Estre nourri delicieusement
Dessus son dos porter comme l'en voit
Charges et sacs de blé peniblement
Comme locatif mercenaire humblement
En lieu public a vil euvre s'aplique
Sans honte avoir porte publiquement
Plains sacs de blé et tout par la pratique

O rem mirandam peneque incredibilem &c.
O chose pres que a dire incredible
Et digne que on s'en doive esmerveiller
Veoir ung homme autant qu'il est possible
Grave en conseil maintenant cheminer

Avec ung tas de voituriers aller
En la boe immundice & ordure
Telz herpailles guetrés acompaigner
A grant contens de sa noble nature

Quis transformationem querat majorem &c.
Qui est celluy qui alleguer pourroit
De homme sage plus grant mutation
Autre chose ovide ne pourroit
En son livre le quel nous appellon
Methamorphos quant transmutation
De homme en beste/ en pierre ou en plante
Estre disoit par bonne fiction
C'est quant amour raison d'omme suplante

Hoc et poetarum eximius maro sentit & cetera
Ceste mesme mutation sentoit
Maro/ de tous poetes plus excellent
Quant de circés les amoureux disoit
Estre en dos de bestes promptement
Muez et ce voit on bien clerement
Que par le feu d'amours est la pensee
D'omme muee et changee tellement
Qu'elle semble pres que en beste muee

L'acteur fait une description du temps ou quel eurialus attendoit aller porter le blé ou sac dedans le garnier de lucresse comment l'eure lui ennuioit ensemble comment il porta le sac de blé ou garnier

Linquens croceum titannis aurora cubile &c.
Lors aurora de titan son amy
Le lit vermeil avoit desja laissé

Et pour chasser de terres tout ennuy

Avoit le jour de hault en bas lancé

Puis apollo/ ses retz avoit dressé

Et des choses la beaulté demonstree

Euriale d'attendre estoit lassé

Qui attendoit du point du jour l'entree

Expectantem recreat eurialum &c.

Euriale fut recreé du jour

Et grandement se porta pour eureux

Quant avisa avec luy tout a tour

Pesle mesle ung tas de loqueteurs

Et qu'il n'estoit aucunement d'iceulx

Congneu tresbien avecques eulx s'en va

Et se charga de fourment pour le mieulx

Puis ou garnier legierement tira

Comment eurialus entra dedans la chambre de lucresse tout guestré comment il la salua et comment lucresse mua couleur quant elle vit son amy: comment elle embrassa et baisa et parla a luy plusieurs choses

Intimus descendentium fuit &c.

Ens ou guernier le dernier demoura

Vers la chambre sa dame descendit

Et tout ainsi que sozie instruit l'a

Vers le millieu du degrey seul se vit

L'uys qui serré estoit boute ung petit

Dedans se mist puis la porte serra

Et lucresse qui en soye tyessit

Euriale promptement avisa

Et accedens propius salve mi anime inquit

Euriale s'approcha de lucresse
En lui disant ma pensee ma defense
Tout mon espoir: joye/ santé/ liesse
Vous dont celui qui a toute puissance
Que estes seule monstrés par evidence
Ce que tousjours ay quis et desiré
Est acomply par vostre sapience
A ceste heure je vous embrasseré

Nullus jam paries nulla distantia & cetera
Il n'est paroy qui empesche present
Ne distance que ne vous puisse voir
Devant mes yeulx/ combien que clerement
Lucresse sceust de tout ce fait le voir
Et l'ordre aussi vous l'eussés veu mouvoir
Changer couleur comme ung peu espantee
Car a l'eure ung esperit cuida voir
Non euriale tant estoit transportee

Verum tantum ad ea pericula iturum sibi non suadebat
Elle ne cuidoit jamés que ung si grant homs
Eust telz perilz & dangiers entreprins
Mais quant elle eut embrassé com lisons
Tenu/ baisé et son esperit reprins
Elle congneut disant: o bien aprins
Sage/ discret es tu eurialus
En l'embrassant parmy le corps prins
Estraint/ serre tant que on ne pourroit plus

Heu quanto te ait &c.
En ce faisant elle mua couleur

De son amant la face regardoit
Et lui a dit: mon amy et seigneur
Comme estes vous ozé venir cy droit
En tel danger et peril comme on voit
Que diray je? a ceste heure apperçoy
Que je vous suis treschere quoy que soit
De ce danger suis cause bien le voy

Sed neque tu me aliam invenies
Certes autre tu ne me trouveras
En tous dangers me bouteré pour toy
De ton costé les dieux tu requerras
Et moy du mien qui nous facent otroy
De leur faveur a nostre bonne foy
Et vray amour veulent donner bon vent
Car soyes seure que autre que toy de moy
Tant que vivre n'aura jouyssement

Nec maritus quidem si rite maritum & cetera
Pas mon mary: se mary je le doy
Deuement nommer: car contre mon vouloir
Me l'ont donné mes parens & quant a moy
Jamés ne fus consentant de l'avoir
C'est mal party de faire a fille avoir
Contre son gré vieillart en mariage
Laissons cela plus il n'en fault chaloir
Mon bien/ m'amour des amans le plus sage

Sed age mea voluptas & cetera
Mais or avant ma volupté/ ma joye
Ostés ce sac monstrés vous clerement

Despouillés vous faictes tant que vous voie
Hors cest habit de porteur vitement
Deceignés vous de cordes promptement
Ottroiés moy que je vous puisse voir
Quant despouillé se fut legierement
Riens plus plaisant jamés ne fut a voir

Comment eurialus se despouilla du roquet et des cordes et apparurent ses beaulx vestemens et comment sur ce point sozie leur vint dire que menelaus venoit en hault

Jam ille depositis sordiltis ostro fulgebat et auro
Quant ses habis de vil pris eut hors mis
En pourpre et or reluisoit le mignon
Se fortune eust a l'eure permis
A ses amours eust donné guerison
Mais sozie si tost qu'en fut saison
A la porte frappa tressagement
En leur disant gardés vous de trahison
Menelaus vient cy legierement

Tegite furta vestra dolisque vitam fallite &c.
Je ne sçay pas qu'il vient icy querant
Secretement couvrés vostre larcin
Chascun de vous soit subtil et savant
De ce mary tromper c'est vostre fin
Ne pensés point qu'il soit homme si fin
Qui de ceans sceust maintenant sortir
Pourvoiés y bien sagement affin
Que vos amours ne faille departir

Comment lucresse fist musser eurialus dedens une muce qui estoit en la chambre ou l'en mettoit les choses secretes de la maison

Tum lucretia latibulum parvum inquit substracto

Lors lucresse dist a eurialus

Dessoubz ce lit une muce a secrete

La sont plusieurs choses bien cher tenus

Et de ce t'ay pieça mencion faicte

Par mes lettres si par quelque deffaicte

Menelaus nous surprenoit ensemble

Tu te mettrois ens en celle muete

Ainsi se doit faire comme il me semble

Ingredere huc tutus tenebris eris

Entre dedans par l'obscurté du lieu

Et tenebres tu seras seurement

Mais quant dedans seras ne tant ne peu

Ne remueras: ne crache aucunement

Eurialus doubta se entierement

Acompliroit ce que on lui conseilloit

Puis proposa que le commandement

Et le conseil de sa dame suyvroit

Comment menelaus entra tout suant en la chambre lui & son homme pour avoir certaines lettres qu'il charchoit

Illa foribus patefactis &c.

Aprés ouvrit de sa chambre la porte

Et retourna tixtre comme par devant

A son mestier & tantost se transporte

Menelaus son mary tout suant

Avecques lui bertus l'accompaignant

Quelque lettre de la chose publique
Estoit alors menelaus querant
A les chercher entierement s'applique

Que postquam nullis inventa sunt
Quant es escrins chose ne peut trouver
De ce que avoit presentement a faire
Dist que dedans la muce recouvrer
On les pourroit ainsi qu'il povoit croire
A lucresse dist qu'il avoit a faire
De chandelle pour dedens regarder
Euriale fut point ne le fault taire
Pres de la mort quant ce ouyt demander

Comment eurialus se deffia de lucresse qu'elle le voulsist trahir & des parolles qu'il disoit lui estant en la muce

Janque lucretiam odisse incipit
Il commença lors a hayr lucresse
Et dedens soy fol il se reputoit
Ha disoit il qui m'a fors ma jeunesse
Et legierté fait venir cy endroit
Je suis happé et prins et a bon droit
Infamie: j'ay la grace perdue
De l'empereur combien que ce peu soit
Il me suffist se la vie m'est rendue

Quis me hinc vivum eripiet
Qui me pourra de ce lieu vif tirer
Il est certain qu'il est fait de ma vie
O vain et sot de tous folx le premier
Le plus meschant de tous en vraie folie

J'ay ma propre voulenté ensuyvie

Par moy je suis tumbé en ce danger

Telles joyes prouffiter ne voy mie

Puis que acheter les me convient si cher

L'acteur parle des voluptés en les blasmant en la personne de eurialus

Brevis est illa voluptas dolores longissimi

La volupté des plaisirs amoureulx

Est bien courte: et longue la douleur

O voulsissons pour le royaulme des cieulx

Autant prendre de peine et de labeur

Merveilleuse est la folie et l'erreur

De nous povres miserables humains

Qui cours travaulx & bien peu de sueur

Pas n'endurons pour les biens souverains

Amoris causa cuius leticia fumo comparari potest infinitis nos objectamus angustiis

Et pour cause de vain et fol amour

Que a fumee on peut bien comparer

Nous nous offrons tant de nuyt que de jour

A molesties et peines sans finer

A ceste heure je puis bien aviser

Que je seré de tous exemple & fable

Las je ne sçay comme en pourra aler

N'a quelle fin viendra le miserable

Comment eurialus voue que s'il peut eschapper jamais n'y retournera

Hinc si me deorum quisquam traxerit nusquam me rursus labor illaqueabit

Se aucun dieu par sa doulce clemence
De ce peril me povoit delivrer
Tant que vivrois par mon insipience
En tel danger ne me viendrois gluer
O dieu du ciel vueillés moy delivrer
Et pardonnés a ma fole jeunesse
Mes grans faultes me vueillés remembrer
A l'ignorant faictes grace et largesse

Reserva me ut horum delictorum penitentiam agam

Je te supply plaise toy me garder
De ce peril pour que je puisse faire
Penitence des pechés sans tarder
Que j'ay commis las il est bien notoire
Que lucresse m'a cy pour me defaire
Mis en ses las: jamés el ne m'ama
Voicy mon jour ma fin dont nul retraire
Ne me pourroit se dieu pitié n'en n'a

Audieram ego sepe mulierum fallacias nec declinare scivi

J'avois assés autres fois des fallaces
Et malices des femmes ouy bruyt
Et icelles en plusieurs lieux & places
Ouy narrer & ne me suis conduit
Si sagement que aye peu jour ne nuit
Leurs cautelles eviter mais se puis
De ce peril par quelque saufconduit
Me bouter hors: aux femmes a dieu dis

Comment lucresse avoit soing & crainte tant pour elle que pour eurialus et comment soudainement elle trouva remede contre le dangier

Sed nec lucretia minoribus urgebatur molestiis

Lucresse lors moins de crainte n'avoit
De son salut et curieusement
De euriale doubte et soing avoit
Si grant que on peut avoir aucunement
Mais tout ainsi que peril eminent
Des femmes est plus que de hommes l'engin
Soudain/ subtil pour trouver promptement
Remede acoup lucresse y trouva fin

Age inquit vir cistella illic super fenestra est ubi te memini &c

Sa mon mary dist lucresse soudain
Une archete sur celle fenestre a
Je memoire que de ta propre main
As dedens mis les lettres qui sont la
Peut bien estre que la se trouvera
Tout ce que cy longuement tu as quis
Legierement le coffret empoigna
Et puis dessus la fenestre l'a mis

Tanquam vellet aperire cistellam latenter eam deorsum impulit

Puis fist semblant que ouvrir elle vouloit
La petite liete et en l'ouvrant
Secretement tant que on ne l'apperçoit
L'archete fist en bas tumber courant
A son mary dist: ne soiés tardant
Que ne perdons et n'ayons grant dommage
Car l'archete que tenoie cy devant
Est tumbee qui n'est pas avantage

Perge ocius ne jocalta vel scripture &c

Courés bien tost recouvrés mes joyaulx
Et mes bagues et les lettres aussi
Alés vite car la sont mes plus beaux
Et plus riches joyaulx je vous affy
Despeschés vous estes encores cy
Alés je fais le guet qu'on ne les robe
Quelque larron tant que seray icy
N'y mettra pas la main mais que ne hobe

L'acteur par forme de yronie parle de l'engin subit des femmes & de leur grande hardiesse

Vide audatiam mulieris &c.
Regarde cy la grande hardiesse
D'une femme & cauteleux ouvrage
A ceste heure dois croire sans paresse
A leur parler il n'est homme si sage
Si cler voyant qui puisse l'avantage
D'elles avoir tant soit il cler voiant
Et que tromper ne puissent c'est l'usage
Chascun le sçait le cas est apparant

Is duntaxat non fuit illusus quem conjunx fallere non tantavit
Celluy pour vray de malice de dame
Est et sera exempt je vous affi
Le quel sans plus la seule et propre femme
N'a point voulu decevoir ce vous dy
Par fortune je le vous certiffy
On est trop plus eureux que par engin
Menelaus et bertus avec luy
Descendirent par le vouloir divin

Comment lucresse mist eurialus en autre lieu tant comme son mary alla querir ses bagues

Domus etrusco more altior fuit

Ceste maison de lucresse moult haulte

A la mode des etrusquins estoit

Plusieurs degrés avoit sans quelque faulte

Par ou monter et descendre failloit

Eurialus ce temps pendant avoit

De lieu changer faculté ce qu'il fist

Car lucresse ainsi qu'elle entendoit

En quelque autre neufve muce le mist

Illi collectis jocalibus atque scripturis &c

Quant ilz eurent tout prins et recueilli

Bagues joyaulx lettres et autres biens

Pource que n'ont ce qu'ilz charchoient parmy

Trouvé tantost vindrent sans dire riens

En la chambre monterent & puis liens

Au pres du lieu du quel party estoit

Eurialus charcherent lors je tiens

Ce dist bertus tout ce qu'il nous failloit

Comment le mary de lucresse et son homme s'en allerent quant ilz eurent les lettres qu'ilz queroient

Voti compotes facti consalutata lucressia &c.

Puis par aprés lucresse saluerent

En luy disant adieu jusques au retour

En sa chambre seulete la laisserent

Se leur sembloit tantost sans long sejour

Elle appelle son amy par amour

Quant l'uis fermé et barré fut apoint
En luy disant mon amy mon seignour
Sortés dehors acoup ne tardés point

Comment lucresse parle a eurialus aprés qu'il fut hors de danger

Veni gaudiorum summa meorum &c
Ma pensee mon cueur toute ma joye
La fortune de toute ma plaisance
Et la source de mon bien ou que soye
Plus doulx que ray de miel sans doubtance
Vien ma doulceur/ m'amour ma soustenance
Toutes choses sont present a seurté
Parler povons seurement sans instance
Du chemin est hors mise la durté

Jam locus est amplexibus tutus
Nous povons bien embrasser seurement
L'un l'autre sans que fortune nous nuise
Combien qu'elle c'est portee rudement
Vers nous rompant la premiere entreprinse
De nos baisers les dieux par bonne guise
Et façon ont regardé nostre amour
De si loyaulx amans ont veu l'emprinse
Ne les voulans habandonner nul jour

Veni jam meas in ulnas nichil est quod jam amplius vereare &c
Entre mes bras vien t'en mon doulx amy
Chose craindre maintenant tu ne dois
Plus que roses ne fleur de lis aussi
Donnant odeur mon amy a fin chois

Que tardes tu que crains tu ceste fois
T'amye suis que veulx tu delaier
A me embrasser ne tarde deux ne trois
Plus ne nous fault du danger effraier

Comment eurialus ne se povoit asseurer et aprés qu'il fut asseuré acolla lucresse et baisa & de ce qu'il dist

Eurialus vix tandem formidine posita &c

A peine peut ses esperitz asseurer
Eurialus touteffois quant il eut
Toute crainte hors mise acoler
Lucresse vint disant que jamés n'eut
Si grant fraieur mais que pour elle veult
Avoir soufert et enduré tourment
Qu'elle est digne que on face ce que on peut
Pour son amour desservir loyaulment

Nec istec oscula et tam dulces amplexus &c

Telz doulx baisiers & doulx embrassemens
Ne peut avoir homme sans peine avoir
Car il les doit par craintes & tormens
Loyaulment deservir main et soir
Iceulx gangner par travaulx c'est le voir
Se aprés ma mort ressuciter povoie
Et les peusse par telz travaulx avoir
Par mille fois pour eulx morir vouldroie

O mea felicitas o mea beatitudo

O ma tresgrant et vraye felicité
Mon bien parfait & ma beatitude
Te voys je cy ou ce c'est vanité

Te tienge ou non ou ta similitude
Suis je de engin si rebouqué et rude
Que par songes soye deceu vainement
Certes sés tu: bien le sçay plus ne cude
Je te tiens cy je le sçay fermement

Comment lucresse estoit lors vestue & de sa grant beaulté

Erat lucretia levi vestita palla
Lucresse estoit d'un fin roquet vestue
Assés legier qui au corps la prenoit
Si justement que tout d'une venue
Les membres telz qu'ilz estoient demonstroit
Plus que naige la bouche blanche avoit
Et de ses yeulx la clarté et lumiere
Comme celle du soleil reluisoit
Regard plaisant Joyeuse avoit la chere

Geme veluti lilia purpureis immixta rosis
Les joes avoit d'une couleur vermeille
Blanches parmy comme vermeilles roses
Avec le lis meslees c'est couleur belle
Et si avoit aussi entre autres choses
En la bouche parolles gracieuses
Ris avenant modeste et temperé
C'estoient choses a veoir delicieuses
Nature avoit en ce bien operé

Pectus amplum papilie quasi duo punica poma &c.
Lucresse avoit poictrine ample et belle
Et de chascun costé rebondissoit
Une ronde ferme et plaisant mamelle

Comme pommes rondes elle les avoit

Le mouvement d'icelles excitoit

Tous vrays amans ao jeu d'amours parfaire

Pourtant ne peut eurialus quant voit

Biens si parfaictz soy refraindre ou retraire

Oblitus timoris modestiam quoque ab se repulit

Il oublia lors toute modestie

Toute crainte hors mist d'avecques luy

Lucresse print et lui dist je vous prie

Le fruict d'amours recevons sans ennuy

Es parolles le fait fust ensuivy

Mais lucresse pas ne voulut souffrir

En luy disant qu'elle a cure et soucy

De honnesteté et bon nom obtenir

Comment lucresse faignit ne vouloir habiter avecques eurialus disant que on ne aymoit pas pourcela et la responce qu'elle fist

Nec aliud eius amorem quam verba exposcere &c

Euriale dist elle mon amy

Je n'entens point que nostre amour requiere

Autre chose que diviser ainsi

Honnestement sans autre chose faire

Eurialus a lors ne se peut taire

A sa dame dist que quelque ung saura

Qu'il est venu leans pour son plaisir faire

Ou que de ce aucun riens ne saura

Si scitum est ait nemo est qui non cetera suspicetur

Se aucun dit il a de ce congnoissance

Que nous soions icy secretement

Ne pretendra ja cause d'ignorance
Que nous façons d'amours l'esbatement
Infamye vouloir apertement
Estre entourné atort et sans rien faire
Folie seroit selon mon sentement
Pour quoy conclus que tout devons parfaire

Sin vero nescitum est & hoc quoque sciet nullus
Et suppose que aucun n'en sache rien
Plus tost devons le jeu d'amours parfaire
Puis que parler ny en mal ny en bien
On n'en pourra le jeu nous devra plaire
C'est tout le fruict d'amours que de ce faire
Mourir me fault plus tost que ne le face
Je vous supplie ne me soyez contraire
Puis que avons temps lieu convenable & place

Comment lucresse replique disant que ne devoient habiter mais elle fut finablement vaincue

Ha scelus est inquit lucretia
Lucresse dist certes qui parferoit
Le demourant ce seroit un grant vice
Eurialus dist cil qui ne useroit
Des biens iceulx appliquant a l'office
Esquelz ilz sont ordonnés seroit nice
Et feroit mal quant ilz les peut avoir
Laisser chose qui est a soy propice
Ne seroit sens mais lascheté pour voir

An ego occasionem michi concessam tum quesitam tum optatam miterem
Et cuidés vous que voulsisse laisser

L'occasion qui present m'est donnee
Que ay tant quise par venir et aller
Et par long temps grandement desiree
Par la robe a lucresse empongnee
Qui resistoit mais elle fut vaincue
Et ne fut pas leur volupté saoulee
Com de hamon quant thamar eut congneue

Comment aprés le fait d'amours acomply Il aymerent plus que devant et comment eurialus print congié

Memet tamen discriminis eurialus postquam vini cibique paulisper hausit
Plus grande soif de loyaulment aymer
Leur engendra ce qu'ilz avoient parfait
Eurialus se sceut bien remembrer
Du grant peril que evité il avoit
De pain et vin quant un peu fut refait
Son congié print lucresse repugnoit
On n'eut oncques suspection du fait
Pour qu'en forme d'ung porteurs s'en aloit

Comment eurialus en alant remembroit le danger ou il avoit esté et les parolles qu'il disoit a soy mesmes

Admirabatur seipsum eurialus
Eurialus en alant par la voye
En soy mesmes se donne grant merveille
Disant o dieu se present rencontroye
Cesar certes je l'auroye fort belle
Se apercevoit ce vestement de toille
Suspicion tresgrande il auroit
Fable seroys a tous pour l'amour d'elle

Et grandement de moy on se riroit

Nunquam me missum faceret donec sciret omnia

Jamais en paix il ne me laisseroit

Jusques ad ce que eust congneu tout le voir

Et bien acoup il me demanderoit

De cest habit car tout voudroit savoir

Se luy disoie que venisse de veoir

Quelque femme en lucresse taisant

Et que fiesse par tout mon plain povoir

Pour l'excuser rien n'en seroit croiant

Nam et ipse hanc amat &c.

Je sçay assés que cesar loyaulment

Tresvoulentiers lucresse aymeroit

Pas mon prouffit ne seroit seurement

Moy descouvrir car mal fait se seroit

De reveler ce que celer on doit

Trahir ne doy celle qui saulvé m'a

Certes plus tost vif on m'escorcheroit

Que voulsisse condescendre a cela

Comment eurialus en alant avisa deux de ses loyaulx compaignons nisus et achates & ne se monstra point a eulx ainsi guetré

Dum sic loquitur nisum/ achatem/ pliniumque cernit

Tandis que ainsi aloit a soy parlant

Nise/ achates et pline il avisa

A son povoir les ala devançant

Tant que nul d'eulx congnoissance n'en a

Ains a l'ostel cautement arriva

Ses sacs osta et sa robe a reprinse
A son amy l'aventure conta
La maniere du fait & l'entreprinse

Comment eurialus conta son aventure a son feal amy achates et des paroles qu'il disoit considerant le dangier ou il avoit esté

Dumque quis timor quod gaudium &c

Tresbien recors de tout il recitoit
Les crainte et joye a lui entrevenus
Et semblable a l'une fois estoit
A cil qui craint aussi comme confus
Puis a l'autre joyeux se monstroit plus
Disant ainsi constitué en crainte
Par femmes suis ung vray fol devenus
Et mis mon chief en peine & douleur mainte

Non sic me pater ammonuit dum me nullius femine fidem sequi debere dicebat

Mon pere pas ainsi ne conseilloit
Quant il disoit qu'en femme qui fust nee
Fidelité ne loyaulté n'avoit
Que evitasse eulx et leur destinee
Car il disoit femme est beste indomtee
Infidele/ cruelle aussi muable
Et a mille passions inclinee
De ce povois bien estre remembrable

Ego paterne immemor discipline

Mais je ne eu de ce quelque memoire
Abandonné ay mon ame et mon corps
Le principal et aussi l'accessoire

Entre les mains d'une femme si lors
Que de fourment estois chargé la hors
On m'eust congneu quel honte & infamie
A mes parens fust avenu des lors
Consequamment a toute ma lignie

Alienum me cesar fecisset &c.
Cesar eust eu de moy abandonner
Matere assés car il eust bien peu dire
On doit comme vil et fol contemner
Homme qu'on voit ainsi mal se conduire
Se le mary de lucresse a voir dire
M'eust empoigné quant les lettres cerchoit
Il n'y eut eu matere de quoy rire
Bien entendre chascun le peut et doit

Seva est lex julia mechis &c
La loy julie que on dit des adulteres
Est cruele pour eulx selon les drois
Mais du mary sont peines plus austeres
Que de la loy car tout a une fois
La loy punist par glayve com je croys
Et le mary par divers batemens
Occist & bat sans regarder les loix
Ne si frappe de bois ou ferremens

Sed putemus virum pepercisse vite
Mais supposons que le mary m'eust fait
Grace du corps et m'eust donné ma vie
Si m'eust il mis pour mon cas et forfait
En ses prisons puis je vous certiffie

M'eust a cesar a ma grant infamie
Baillé/ livré tout ainsi m'en fust prins
Plus doulcement je ne povoie mye
Ce mal passer quant eusse esté surprins

Dicamus & illius me manus effugere &c
Or supposons que povois evader
D'entre ses mains car sans armes estoit
Et que je avois pour moy de lui garder
Mon espee qui au costé pendoit
Certes des gens avecques lui avoit
Ses armeures a la paroy pendoient
Facilement prendre il les povoit
En sa maison mains serviteurs estoient

Clamores mox invaluissent
Clameurs et cris lors faictz eussent esté
Les huis fermés tous eussent prins vengence
De mon meffait ilz n'eussent arresté
Pour soy venger de mon insipience
A ceste heure j'ay clere congnoissance
Que du danger ne m'a pas delivré
Mon beau parler/ mon sens ne ma prudence
Mais fortune qui bien y a ouvré

Quid casus innuo & promptum ingenium lucretie
Qu'esse que dy de fortune qu'el ma
Hors de danger et de peril hors mis
Certes bien scé que rien fait el n'en a
Mais s'a esté lucresse au cler vis
Son prompt engin non tardif ne remis

O loyale & tressage amoureuse
O noble amour auquel me suis submis
Plus que toy n'est chose delicieuse

Cur me tibi non credam cur tuam non sequar fidem
Qui me tiendra que ne aye en toy creance
Et que ta foy ne doie ensuyvir
Se je avoie par divine ordonnance
Cent chiefz a toy oseroie bien venir
Pour qu'en ta foy le voulsisses tenir
Loyale es/ caute/ prudente sage
Bien scés amer: a tes fins parvenir
Et ton amant garder de tout oultrage

Quis tam cito excogitare potuisset
Qui est celui qui eust si tost pourveu
Consideré/ ne le moyen pensé
Soudainement ainsi que l'as preveu
Pour du danger ou m'estoie lancé
Bouter dehors que ne feusse pressé
As la voie promptement avisee
Bien dire puis qu'estois mal agencé
Et ma vie entierement finee

Non meum est sed tuum quod spero
Se j'ay esperit qui encores respire
Je ne tiens ce de quelque ung que de toy
Ne me seroit point fort dur a vray dire
La vie perdre que je retiens par toy
A ton plaisir tu peuz faire de moy
Le povoir as de ma mort & ma vie

A toy me rens & commande en ta foy
A tousjours mais sans faire departie

O candidum pectus o dulcem linguam
O poictrine blanche comme le lis
Doulce langue/ clers yeulx & lumineux
O prompt engin membres plains & polis
Plus que marbre/ souefz & amoureulx
Quant pourray je vous revoir de mes yeulx
Et les levres coralines baiser
En les mordant par plaisir amoureulx
Pour mieulx amours resjouir & aiser

Quando tremulam linguam &c
Quant pourray je en ma bouche sentir
Celle doulce langue murmurative
Et ses dures mamelles a laisir
Taster qui sont de la generative
Excitatif: il n'est contemplative
Vie qui soit si doulce que lucresse
C'est ung tresor/ c'est vie perfective
C'est tout basme/ c'est parfaicte liesse

Comment achates compaignon de eurialus parla a lui et des paroles qu'il dist

Parum est ait achates quod in hac femina vidisti
Lors achates amy et compaignon
D'eurialus lui dist c'est peu de chose
De la beaulté/ proprieté/ blason
Qu'as allegué estre en lucresse enclose
De tant qu'on voit femme sans estre close

Toute nue elle semble plus belle

Et se monstrer se povoit je suppose

Que plus beaulté se trouveroit en elle

Non candali regis lidia formosa uxor & cetera

Lidia fut du roy candalus femme

Gente/ belle: non pas plus que lucresse

Ne m'esbahis pour monstrer de la dame

La grant beaulté s'il voulut sans peresse

A son amy par ung trait de liesse

Son espouse descouvrir toute nue

Affin qu'il peust par plus grant hardiesse

Les joyes d'amours prendre d'une venue

La responce que eurialus fait a achates de lucresse et de sa beaulté

Ego quoque itidem faceram &c.

Semblablement se faculté je avoie

De ce faire: croy que ainsi ce feroit

Toute nue je la te monstreroie

Car ma langue suffire ne sauroit

A descrire bien au long & a droit

La grant beaulté de lucresse indicible

Homme mortel a ce ne suffiroit

Tant est belle qu'a dire est impossible

Nec tu quam solidum quam plenum fuerit meum gaudium potes considerare

Considerer ne pourrois proprement

La joye plaine qu'ay au jourd'uy receue

Mais avec moy te esjouys plaisamment

De mes amours car la joye que j'ay eue
Est plus grande se bien l'avois perceue
Que parole exprimer ne pourroit
J'ay liesse a grant habundance eue
Autre que moy ce ne conceveroit

Sic eurialus cum achate &c.
Eurialus tout ainsi que dit est
Ne plus ne moins a achates parla
Et lucresse qui seulle en sa chambre est
N'en dist pas moins: mais ce diminua
Sa plaisance car taisible cela
Ce qu'el n'osoit a quelque ung reveler
A sozie quelque peu en parla
Tout ne voulut pour honte declarer

Comme pacorus fut amoureux de lucresse sans partie

Pacorus interea pannonius eques domo nobilis qui cesarem sequebatur
Ce temps pendant ung homs panonien
Homme noble pacorus eut en nom
Qui de cesar en la grace estoit bien
Homme a cheval et de noble maison
De lucresse fut en celle saison
Fort amoureux en cuidant qu'el aymast
Car il estoit assés beau compaignon
Et ne cuidoit que quelque ung l'empeschast

Illa sicut mos est nostris dominabus
Pour sa beaulté estre amé arbitroit
Il ne doubtoit rien que la chasteté
De lucresse laquelle a tous monstroit

Pareil semblant par grand honnesteté
C'est la mode soit yver ou esté
De nos dames sans varier estre une
Aux regardans leur estat et beaulté
A tous faire une chere commune

Ars est sive deceptio potius
Et ce font il plus par decepcion
Qu'elles ne font par art je vous affie
Pour que l'amour qu'ilz ont et union
Tresancien ja ne se notifie
Pacorus meurt a peu se crucifie
On ne le peut consoler par quelque art
Se a lucresse ne dit et clarifie
Le feu d'amours qui le consume et art

Solent matrone senenses ad primam lapidem &c
Il veult premier quelque response avoir
De lucresse qui coustumiere estoit
Com les dames de senes aler voir
Nostre dame de bethleem: c'estoit
Une place qui pas fort loing n'estoit
De la cité: lucresse et ses deux filles
Une vieille ensemble la menoit
Pour y faire oraisons tresutiles

Comme lucresse va en pelerinage acompaignee de deux filles et une vieille et comment pacorus se presenta devant elle & de ce qu'il fist et dist en baillant ung oeillet a lucresse

Sequitur pacorus violam in manu gestans &c.
Lucresse aloit en ce lieu bien souvent

Elle partit pour son voyage faire
Pacorus va aprés mignotement
Et pour son cas mieulx conduire et parfaire
Tient ung oeillet a fleurs d'or qu'a fait faire
Dedens avoit une epistole close
Qu'en fin velin il avoit fait pourtraire
D'amourettes parlant non d'autre chose

Nec mirere tradit enim cicero hyliadem &c
Ne t'esbahis que on n'ait en peu de lieu
L'epistole dessus escrite mise
Car ciceron qui doit de ce estre creu
Dit qu'il a veu sans aucune faintise
L'yliade de omere estre comprinse
Subtillement en si petit d'espace
Que une escalle de noix par bonne guise
La contenoit entiere sans fallace

Offert violam lucretie & cetera
Pacorus vint assés pres de lucresse
La dicte fleur lui offrit humblement
Que en sa grace le mette fort la presse
Le don offert refusa promptement
Treshumblement la prie et instamment
Que ladicte fleur vueille recevoir
Lors la vieille qui estoit la present
Dist pren la fleur puis que c'est son vouloir

Comment la vieille conseille a lucresse qu'elle prenne la fleur ce qu'elle fist et la donna a une de ses filles

Quid times ubi nullum est periculum.

Quelle crainte as tu de chose ou n'y a doubte
N'aucun peril tu peus bien apaiser
Cest gentil homs de chose qui ne monte
Et qui ne peut te prejudicier
A ce conseil se voulut incliner
Lucresse qui de rien ne se doubtoit
Et puis sa fleur tantost alla donner
A la fille qui de pres la suivoit

Nec diu obviam facti sunt duo studentes &c
Puis assés tost deux escolliers trouverent
Qui regardent la fleur qui belle estoit
Et la fille tresinstamment prierent
Leur faire don de la fleur qu'il tenoit
Pour que de ce grant conte ne faisoit
Elle donna la fleur incontinent
Tantost la fleur qui la lettre couvroit
Ilz ouvrirent assés facilement

Carmen amatorium invenerunt &c.
Dedans la fleur trouverent l'epistolle
Qui des amours de pacorus parloit
Ceste sorte de gens clers et d'escolle
Ou par avant de nos dames estoit
Moult fort aymé mais ce trop empeschoit
La venue de cesar car depuis
Que en la ville de senes residoit
Estudians avoient eu du pis
On se railloit d'eulx on les desprisoit
On les hayoit c'estoit ung piteux cas
Car des armes l'estat plus delectoit

Nos mignongnes que de tous advocas
Le beau parler orateurs n'avoient pas
Entre dames lieu pour leur grant faconde
Par ces moiens entre les deux estas
Avoit hayne aigre dure et parfonde

Comment deux estudians en hayne des gens d'armes baillerent les lettres de pacorus au mary de lucresse

Querebantque toge vias omnes
Les gens d'armes et nobles desiroient
A leur povoir nuire aux estudians
Du contraire les autres se efforçoient
Aux dessusditz resister par moyens
Quant ilz eurent desserré les liens
Et trouvé ce qui en leur fleur estoit
Chés lucresse tirerent tout droit liens
Menelaus trouvent qui se seoit

Comment le mary de lucresse la menassa et elle se excusa par la vieille

Epistolamque ut legat rogatur &c.
L'epistole tantost baillee luy ont
En luy disant ce lire devoit
Quant eut ce leu luy eschauffa le front
Vers lucresse il s'en alla tout droit
Triste et marry moult fort il l'arguoit
Sale et maison a de clameurs remplie
Et lucresse le fait luy renyoit
En luy disant que oncques ne fist folye

Comment le mary de lucresse fist sa plainte a cesar empereur

Rem que gestam exponit et anus aducit testimonium &c.

Lucresse tout le cas lui recita
Et la vieille pour tesmoing elle amaine
Menelaus vers cesar s'en ala
Sa plainte fist suant a grosse alaine
On appella pacorus qui demayne
Grant deconfort la verité confessa
Qu'on lui face pardon a bonne estraine
Requist/ & que jamés n'y retourra

Hoc jurejurando confirmat

Devant cesar jura & fist promesse
Que lucresse jamais ne vexeroit
Car bien savoit que jupiter tristresse
Des parjures amans jamais n'auroit
Ains leurs sermens et parjures riroit
Et de tant plus que on luy a fait deffence
Vers lucresse aller il desiroit
D'elle suivir et voir c'est sa plaisance

Comment pacorus jasoit ce qu'il eust promis ne faire aucune solicitacion a lucresse trouva autre moyen de par lequel luy cuidoit envoier ses lettres en une pelote de neige

Venit hyems exclusisque ventis et cetera.

L'iver survint vens de midy hors mis
Furent et puis souffla le vent de bise
Neiges vindrent a jouer se sont mis
Les citoyens et par joyeuse guise
Les bourgoises par serieuse emprise
Les pelotons de neige se gettoient
Aux fenestres pacorus bien avise

La maniere que les autres tenoient

Hinc nactus occasionem &c.
Occasion et entree trouva
Par le moien des autres vitement
Une epistre en cire close il a
Puis de neige l'a couvert gentement
Ainsi Ronde qu'elle estoit promptement
En la chambre de lucresse la lance
Qui est celuy qui ne dira present
Que fortune tout regist et avance

L'acteur dit que tout est gouverné par fortune par la quelle dieu est entendu

Quis non favorabilem &c
Qui est celuy qui du vent favorable
De fortune ne veult estre mené
Car de bon eur c'est chose veritable
Une heure plus que vauldroit a l'omme né
Que de venus estre recommandé
Par ses lettres au dieu mars de batailles
Sages dient quant ont bien regardé
Que fortune ne leur peut rien qui vaille

Hoc ego sapientibus concedo
A telz sages leur propos je confesse
Qui seulement de vertus riches sont
Et qui povres malades en tristresse
Vie eureuse posseder se diront
Des quelz oncques en valee ne en mont
Aucun ne vi et ne croy qu'il en soit

Quelque ung dient ce que dire vouldront

Et les suive qui bien dire les croyt

Communis hominum vita favoribus fortune indiget

Ceste vie mestier et besoing a

Des grans faveurs de fortune & ses biens

Moult grande auctorité el a

Quant elle donne aux ungs es autres riens

L'ung hault lieve l'autre laisse ou fiens

Qui a perdu pacorus fors fortune

D'omme prudent il trouva les moyens

Quant en la fleur mist l'epistre pour une

Nonne prudentis consilii fuit beneficio & cetera

De homme prudent l'office excerça

Secondement quant l'epistolle mist

En pelote de neige et la lança

Vers lucresse et ce aucun dit qu'il fist

Moins cautement je respons quant transmist

La pelote se fortune eust voulu

Le secourir difficulté n'y gist

Qu'il n'eust esté sage et prudent tenu

Comment la pelote de neige en la quelle estoient les lettres de pacorus vint es mains de menelaus mary de lucresse & s'en fuyt pacorus du pais

Sed obstans fatum pilam & cetera

Mais fortune hors des mains de lucresse

La pelote jusques au feu envoia

Ce matere fut de neufve tristesse

Car quant le feu la nege fondue a

Et la cire remise on avisa
L'epistolle qui a brusler prenoit
Aperceue fut par ceulx qui estoient la
Menelaus y fut qui la lisoit

Novasque lites excitaverunt quas pacorus &c
L'epistole qui entre les mains vint
De ce mary nouveau bruit commença
En la cité pacorus ne se tint
Mais par fuite le danger evita
De ce fait cy la rumeur transvola
A eurial qui son prouffit en fist
Car de aller voir lucresse proposa
Pour les moyens trouver son engin mist

Comment eurialus charchoit les moyens par lesquelz pourroit entrer chés lucresse & de la ruelle par la quelle on povoit entrer en la chambre

Nam vir dum gressus & actus pacori speculatur &c
Tandis que menelaus charchoit
Deça et la pacorus pour le prendre
A eurial espace et temps donnoit
De parvenir a ce ou vouloit tendre
Et si est vray chascun le peut entendre
Que on ne garde pas bien facilement
Une chose qui tant de gens sourprendre
Veulent par leur engin subtillement

Expectabant amantes post primum concubitum secundas nuptias
Les deux amans attendoient chascun jour
Comment pourroient pour la seconde fois

Faire le jeu d'amours et du retour

Tresgrant desir avoient comme je croy

Une ruelle lieu petit et estrois

Entre lucresse et son voisin estoit

Par la quelle sans faire grans effrois

Chés lucresse lancer on ce povoit

Per quem podibus in utramque pacietam porrectis in fenestram &c

Car on povoit tout acoup afourcher

D'une paroy sur l'autre aisement

Et puis de la par la fenestre entrer

En la chambre de lucresse coyement

Mais ce povoit on par nuyt seulement

Menelaus aux champs devoit aller

Moult ennuya aux deux son partement

Car il devoit la nuyt aux champs coucher

Comment sozie mist eurialus dedans une estable parmy du fein & comment il fut pres que trouvé par dromo page n'eust esté sozias

Fit recessus mutatis eurialus vestibus in viculum se recepit

Menelaus partit et s'en ala

En sa maison qu'il avoit au village

Eurialus gueres ne sejourna

Tout son habit mua et de courage

En la rue cherchant son avantage

Secretement embuscher s'en ala

Une estable avoit pour son usage

Menelaus ou sozie le bouta

Ibi nocte manens sub feno latebat

Dedens le fein se mist eurialus
Ou partie de la nuyt sejourna
Dromo lors page de menelaus
Palefrenier second y arriva
Qui des chevaulx la cure & charge a
Et pour emplir les rateliers s'employe
Pres du costé d'eurialus tira
Du fein a poy que tout il ne desploie

Eratque amplius suscepturus ac eurialum furca percussurus &c
Dromo estoit tout fin prest de tirer
Et abatre du fein plus largement
Et avecques sa fourche rencontrer
Eurialus: mais sozie promptement
Le grand peril avisa sagement
Puis a dromo dist: mon frere et amy
Que je acheve cest euvre hardement
Je passeré a ce temps et ennuy

Tu interea loci vide an cena nobis sit instructa
Tandis que je aux chevaulx bailleré
Ce qu'il leur fault vat'en en la cuisine
Et regarde se on a bien labouré
Pour le souper car je te determine
Que nous devons tant que la chiche mine
Nostre maistre est hors de la maison
Boire et gaudir a ce mon cueur s'encline
Nous lui devons bien faire sa raison

Melius est nobis cum domina quam cum illo
Trop mieulx nous est avec nostre maistresse

Que avecques lui grande est la difference
Car il n'est rien plus joyeux que lucresse
Plus liberal ne de plus grand clemence
Quant est de lui tousjours rechine ou tance
Il crie/ il brait/ il brule de avarice
On n'a jamés avec lui pacience
Difficile est rien n'est plus mal propice

Nunquam nobis bene est dum ille adest
Jamés n'avons bonne chere ou il est
Il chastie nos ventres par juner
Tout mort de fain & affamé il est
Pour nous autres maigrir & crucier
Croutes moisies & miettes serrer
Pour les mettre l'endemain sur la table
Fait: il n'est homs qui en sceust endurer
Se lucresse n'estoit plus amiable

Uniuscuiusque cene anguillas salsas &c
Et le poisson salé qui lui demeure
De son soupper soit anguille ou brochet
Pour lendemain fait garder a tout heure
Tout est conté soit chief d'ail ou poret
Il merche tout & clot soubz son signet
Miserable est de vouloir estre chiche
Par telz moyens car rien si sotelet
N'est que vivre povre pour mourir riche

Quanto melius nobis cum hera
Trop fait meilleur avec nostre maistresse
Qui ne seroit contente de donner

A ses servans viandes a largesse
Car el ne veult seulement festoier
De beaulx chevreaulx mais fait appareiller
Graces poulles/ faisans & gras oyseaulx
Et du meilleur vin qui soit ou celier
Leur arrouse leurs gosiers et museaulx

I dromo cura ut quam nucta coquina sit & cetera
Vat'en dromo cours bien legierement
Ayes cure & soing de la cuisine
Dromo respond: j'en auray soing vrayement
A la table mettre mon cueur s'encline
Plus que aux chevaulx froter la chiche mine
Nostre maistre j'ay jusques aux champs mené
Mal lui vienne car parolle ne signe
Onc ne m'a dit tant que suis retourné

Nisi vesperi cum me remisit &c
Sur le vespre m'a dit que je retourne
Et les chevaulx remmaine avecques moy
A ma dame que die qu'el sejourne
Pour au jourd'uy ainsi je lui diroy
Puis il m'a dit je ne retourneroy
Point au gitte tout vient bien a propos
Bonne chere au jourd'uy je feroy
Du vin beré encor plus de trois pos

Ha laudo te sosia
Ha sozie mon amy je te loue
De ainsi hair les meurs de ce viellart
Car par ma foy aux sains & dieu je voue

Que ja pieça feusse allé autre part
Changer maistre se la prudence et art
De ma dame par souppes que au matin
El me donnoit ne m'eust matin & tart
Entretenu prins eusse autre chemin

Nichil dormiendum est hac nocte
Il ne convient point dormir ceste nuyt
Boire nous fault d'icy que le jour vienne
Devourons tout: assés y a pain cuyt
Qui se faindra male fievre le tienne
Nostre maistre quant il vouldra revienne
Mais en ung moys autant ne gaignera
Que despendrons de quelque lieu qu'el vienne
En ung soupper: bien employé sera

Comment eurialus escoutoit la langue des serviteurs et fut mis en la chambre par la fenestre et de ce qui fut fait la

Audebat hec eurialus libens
Eurialus voulentiers escoutoit
Des serviteurs le babil et langage
Combien que leurs conditions notoit
Que on le povoit servir de tel ouvrage
Quant dromo fut party pour le suffrage
Des cuisines eurialus sortit
A sozie qui fut vray personnage
Et fidele telz paroles a dit

O quam inquit beatam noctem sozia tuo beneficio sum habiturus
O sozie mon amy tant je auré
Eureuse nuyt par ton grant benefice

Qui cy m'a mis par engin euré
De tout danger gardé et malefice
Tu m'as esté clement doulx et propice
Et a bon droit te ame et doy amer
Je ne seré ingrat de ton office
Ains du bien fait recors sans l'oublier

Aderat hora prescripta letus eurialus &c
L'eure estoit ja venue et arrivee
Que eurialus devoit en hault aler
Combien qu'il eust par double destinee
Double peril evadé et danger
Dessus le mur se mist affin que entrer
En la chambre par la fenestre peust
Ouverte estoit il entra sans targer
Sans que aucune personne rien en sceust

Lucretiam juxta foculum sedentem &c
Il trouva leans lucresse au pres du feu
Qui le soupper appareillé avoit
Tout estoit bien acoutré en ce lieu
Car la dame son amy attendoit
Quant el le vit a lui s'en vint tout droit
Par le millieu du corps elle embrassa
Mignotises et blandisses savoit
De doulx baisers donner elle ne cessa

Itur in venerem tensis velis fessam
Devers venus tirent a voile plaine
Des avirons d'amours la nefz conduirent
Cytheree lasse et a grosse alaine

Estoit: ceres et bachus la refirent

Presupposez comment que ilz firent

Mains gentilz tours en nagant sur le fleuve

Entendement/ engin & force mirent

A qui mieulx mieulx se l'un pert l'autre treuve

L'acteur lamente les peines que ont les foulx amoureux & recite comment le mary de lucresse du quel on ne se guettoit arriva

Heu quam breves voluptates sunt quam longe solicitudines

Helas tant sont courtes les voluptés

Qu'en ce monde prennent les amoureux

Et longues sont les peines et durtés

Travail & soing qu'endurer fault pour eulx

A peine avoit une heure esté joyeulx

Eurialus quant sozie frappa

A la porte qui message piteux

Aux deux amans fist savoir et nunça

Reditum menelai nunciat & cetera

Menelaus estre venu annunce

Et la joye des amans perturba

Eurialus avoit de paeur mainte onte

De s'en fuir tout prest estre cuida

Lucresse tout sagement regarda

La table osta & au devant courit

De son mary le quel el salua

En lui disant ce qui aprés s'ensuit

Comment lucresse cautement parla a son mary & fist semblant d'estre desplaisant de ce qu'il avoit tant demouré

O mi vir inquit quam bene redisti
O mon mary dist la gente lucresse
Le bien soiés retourné et venu
Je te cuidois en foy de gentillesse
Estre desja villenot devenu
Pour quoy t'es tu si longuement tenu
Au village garde que je ne sente
Quelque chose qui t'ait la retenu
Soit pastoure ou bergerete gente

Cur non domi manes &c
Pour quoy ne te tiens tu a la maison
Moy contristant ainsi de ton absence
Car quelque temps qui coure ne saison
En crainte suis se je n'é ta presence
Aussi je suis chascun jour en doubtance
Que tu ne aymes autre femme que moy
Les hommes sont aux femmes com je pense
Fort desloyaulx en doubte suis de toy

Quo metu se me vis soluere &c
Se tu me veulx de ceste peur hors mettre
Jamés dehors la nuyt coucher n'iras
Je te supply vueilles le moy permettre
Ja joye n'auray quant seule me lerras
Sur tout la nuyt souppons icy embas
Et puis yrons coucher joyeusement
Les paroles disoit n'en doubtés pas
En la sale ou l'en souppoit souvent

Comment lucresse amusa son mary en bas et le mena en la cave tant que eurialus s'en feust alé

Jamque virum detinere lucretia nitebatur &c.

La lucresse se efforçoit retenir
Menelaus son mary longuement
Jusques a ce que eurialus saillir
De la chambre peust plus facilement
Mais pour que avoit souppé hors promptement
En sa chambre retirer se vouloit
Quant lucresse lui dist esplourement
Que peu l'amoit/ cherissoit et prisoit

Cur non potius domi apud me cenasti &c.

Que n'as tu prins peine de revenir
Avecques moy soupper car je te jure
Que pour cause que t'es voulu tenir
Hors la maison je eu tant soing et cure
Que ne y menge ne beu c'est ma nature
Quelques peisans ont du vin apporté
Qu'ilz dient estre de bonne nourriture
Tant triste estois que point n'en ay gouté

Nunc quando ades eamus si placet in cellarium &c.

Puis que tu es present je te supplie
Qu'il te plaise que voisins ou celier
Et la dedens pourrons si ne t'en nuye
Se le vin est tel qu'ilz dient essayer
Ce dit el print tantost sans delayer
La lanterne avec sa dextre main
Et de l'autre print pour le festoier

Menelaus qui n'avoit soif ne fain

In infimum penarium descendit tanque diu nunc &c.

Puis au plus bas du celier descendit
Et son mary lui faisant compaignie
La longuement furent comme l'en dit
En gacongnant le vin dessus la lie
Ce faisoit el je le vous certiffie
En attendant que eurialus partist
Qui s'en ala bien tost je vous affie
A lucresse qu'il soit dehors suffist

Ac ita demum ad ingratos hymeneos cum viro transivit &c

Quant ilz eurent tout en la cave fait
Ilz se alerent coucher enssemblement
Lucresse bien se feust passee du fait
Et des esbas du lit certainement
Eurialus s'en partit celeement
Entour minuyt en son logis ala
Car il entroit et sailloit priveement
Toutes les fois que ce bon lui sembla

Comment menelaus mary de lucresse fist massonner la fenestre par ou eurialus estoit sorty et les causes pour quoy

Sequenti luce &c

Menelaus l'endemain massonner
La fenestre sur la ruele fist
Pour que de elle bon se faisoit guetter
Ou que quelque ung mal n'en parlast ou dist
Et croy assés que cela il parfist
Pour la doubte ou suspicion qu'il eut

Que l'en passast par la plus ne permist
De mal faire le moyen oster veut

Nam et si nichil conscius erat illi vexatam tamen &c
Et ja soit ce qu'il n'eust aucune cause
D'avoir d'elle mauvaise opinion
Si savoit il par lettre en mainte clause
Que on lui faisoit sollicitacion
Par chascun jour et deprecacion
Du fait d'amours ce pas il ne ignoroit
Et des femmes la grant mutacion
D'autre costé souvent consideroit

Cuius tot sunt voluntates quot in arboribus folia &c
Il congnoissoit des femmes le vouloir
Estre inconstant & que autant sont en elles
De voulentés pour en dire le voir
Qu'il a dedans plusieurs arbres de fueilles
Les congnoissoit estre toutes pareilles
En couvoitant chascun jour sans cesser
Bagues joyaux quelques choses nouvelles
On ne sauroit de ce les contenter

Raroque virum amat cuius copiam habet &c
Il congnoissoit aussi que bien a tart
Ayme femme homs du quel tousjours elle a
La faculté/ parler/ coucher/ regart
Car de changer tousjours apetit a
Par ces moyens la faculté osta
A lucresse de parler ou escrire
De autres maris les voyes immita

Chassans maleur pour le bon introduire

Comment le mary de lucresse deloga le tavernier qui derriere sa maison demouroit

Nam & cauponem qui post edes lucretia vinariam tabernam &c

Ung tavernier qui grant houlier estoit

Pres de l'ostel lucresse avoit maison

De la quelle eurialus souloit

A lucresse parler mainte raison

En ung baston creus en toute saison

Lettres povoit facilement bailler

Menelaus si trouva achaison

Qu'il desloga de la pautonnier

Comment les deux amans ne povoient plus trouver façon de parler l'un a l'autre dont furent moult desplaisans

Restabat solus oculorum intuitus

Plus n'avoient les deux amans loyaux

Que le regart des yeulx pour tout soulas

Et par signes plus secretz & nouveaux

Qu'il povoient se saluoient tout bas

Ilz ne savoient par engin ne compas

Trouver façon de hurter au guischet

Grande douleur avoient n'en doubter pas

Et cruciement qui a la mort semblet

Quia nec amoris poterant oblivisci & cetera

Et la raison de ce grant desconfort

Estoit telle car ilz ne avoient puissance

Par leur engin subtillité ne effort

De mettre a leur maladie allegance

Ilz ne povoient bouter en oubliance
Leur grant amour/ n'en luy perseverer
Pour quoy estoient en moult dure souffrance
Qui bien ayme a tart peut oublier

Dum sic anxius eurialus quid consilii capiat &c
Eurialus estant en ce torment
Angustié autant c'om pourroit dire
Prenoit conseil a soy avisement
En meditant qu'il pourroit faire ou suyre
Puis fut recors que avoit voulu dedire
Long temps avoit lucresse d'une chose
De pandalus qui cousin fut du sire
Menelaus/ s'en aider il propose

Comment eurialus proposa soy aider de pandalus cousin de menelaus pour qu'il trouvast façon de les assembler luy & lucresse et luy promist le faire comte palatin ce qu'il fist & comment il parle audit pandalus

Peritos medicos imitatus &c
Des medecins tressages ensuivit
La pratique qui ont telle maniere
Que es grans perilz de mort ainsi qu'on dit
Voians l'omme quasi pres de la biere
Menger luy font medicine et matiere
Qui est de mort et de vie incertaine
Et mieulx ainsi leur plaist c'est chose clere
Que de tousjours du mal laisser la peine

Aggredi pandalum statuit remediumque suscipere &c
Pareillement eurialus ayma
Pluscher parler du faict a pandalus

Et remede trouver se aucun y a
Que demourer tousjours triste et confus
Et proposa que sans deloyer plus
Ce qu'il avoit autreffois refusé
Presentement il remetroit dessus
Bien en prenist ou en fust cabusé

Huic ergo accersito & in penitiorem domus partem
Il appella pandalus doulcement
Ou plus secret de sa chambre le mist
Quant il fut la entré secretement
Mon bon amy sié toy cy lors luy dist
Quelque chose dessus le cueur me gist
Qui est grande la quelle te vueil dire
J'ay grant besoing de toy ce me suffist
Que mon conseil tu ne vueilles redire

His quas in te scio sitas diligentia/ fide & taciturnitate volui &c
J'ay maintenant affaire des vertus
Diligence et foy qui en toy sont
De la bonne bouche et celer sans plus
Qu'ay entendus estre en toy c'est le ront
Et des pieça tout mon secret parfont
Te reveler deliberé avoie
Mais je ne n'avoie par valee ne mont
De toy si grant raport que desiroye

Nunc et te nosco et quia probate fidei es &c
A ceste fois je te congnois & croy
Que de foy es loyale et esprouvee
Et pour ce t'ay aymé et aymeroy

Des citoyens as bonne renommee
Ilz te louent chascun jour a journee
Pareillement si font mes compaignons
Qui ont a toy congnoissance trouvee
De toy m'ont fait bonnes relacions

Ex quibus te capere meam benivolentiam didisci &c
Entendu ay pareillement par eulx
Que desires fort ma benivolence
De la quelle par vouloir gracieux
Participant te fois a ma puissance
Moins n'es digne d'avoir mon acointance
Que suis de toy tien suis & tien vueil estre
Croire me doys sans quelque deffidence
Vers toy verras mon vouloir acroistre

Nunc quam velim quoniam inter amicos res agitur
Puis que ainsi va que sommes bons amis
Bien briefvement te diray mon affaire
Tu congnois bien que a aymer est soubmis
Le genre humain et inclin a ce faire
Soit ce vertu ou vice du contraire
Par tout se extend ceste calamité
Tout cuer humain languist en ceste haire
Nul n'est exempt de ce ne respité

Scis quia nec sapientissimum
Le tressage salomon point n'en est
Exempt aussi non fut sanson fortin
De fol amour la nature telle est
Que si une fois le cueur d'omme est enclin

Et par chaleur eschauffé quelque fin
Mettre on n'i peut ains tousjours brule & art
Plus est contraint et plus tire a sa fin
De fole amour ne veult laisser la part

Nulla re magis ista curatur pestis
Ceste peste ne peut estre guerie
Mieulx que en faisant jouyr de ce qu'on ame
Plusieurs hommes & femmes ont la vie
Perdue par ce que de la bruslant flame
Du feu d'amours pour les garder de blasme
On les vouloit retirer sagement
De bon conseil n'eussent prins une drame
Leur voulenté suivans entierement

Contraque plerosque novimus
Du contraire plusieurs avons congneu
Que aprés que avoient jouy de leurs amours
Leur fole amour laisser on les a veu
Quant avoient fait embrassemens & tours
A leur plaisir par quelque peu de jours
Leur volupté et plaisance parfaicte
Mais au devant que eussent d'amours secours
Provision n'y povoit estre faicte

Nil consulcius est postquam amor ossibus hesit quam furori cedere &c
Il n'est rien plus consult que aprés que amour
Vient herdre es os de aucun fol amoureux
Luy donner lieu c'est le souverain tour
Car se efforcer contre air tempestueux
Souvent la nef faict es lieux perilleux

Perir noyer/ mais qui a la tempeste
Obtempere souvent en est joyeux
Et surmonte a grande joye et feste

Hec ideo dixi quia te scire meum amorem volo &c.

Je t'ay ce dit briefment et recité
Pour que mon cas d'amours congneu te soit
Et aussi pour que puisse en verité
Congnoistre ce que pour moy cy endroit
Faire vouldras ja celé ne te soit
Le grant prouffit que de ce t'est venu
Car de mon cueur quoy que en avienne ou soit
Es partie reputé et tenu

Ego lucretiam diligo neque hoc mi pandale &c

Ha pendale mon bon et cher amy
J'ayme du cueur lucresse sans faintise
Par ma culpe m'est advenu cecy
Fortune ad ce a ma pensee submise
Dessoubz sa main est la machine mise
De ce monde elle gouverne tout
De vous autres les meurs aussi la guise
De la cité ne congnoissés en tout

Putabam ego feminas urentes quod oculis monstrant in corde sentire & cetera

Il me sembloit que les dames d'icy
Sentoient ou cueur ce que l'oeil demonstroit
J'en ay esté desceu je le te affy
Car si tost que lucresse regardoit
De ses doulx yeulx vers moy il me sembloit
Que estoie aimé d'elle et cher tenu

Ce m'a contraint de l'aymer bien estroit
En ses prisons suis livré et tenu

Nec tam elegantem dominam dignam putavi
Jamais n'aurois si allegante dame
Voulu laisser sans avoir quelque amant
Elle me sembloit sans reproche ne blasme
Estre digne d'avoir loyal servant
Qui fust a son amour correspondant
Je ne congnois que bien peu ton lignage
Mais j'ay aymé estre aymé esperant
Dire mon faict te vueil en brief langage

Quis tam saxeus aut ferreus &c
Qui est celluy tant soit de roche dure
Ou de dur fer qui ame ne amera
En ensuivant l'ordre dame nature
J'ay faict tout ce que cueur d'amant fera
Mais quant j'ay veu que lucresse point n'a
Le cueur a l'oeil correspondant j'ay dit
Lors a parmoy cy tromperie a
Je espere en vain d'amours avoir credit

Ne meus sterilis esset amor &c
Ce neantmoins pour que steril du tout
Ne fust amour j'ay mis peine et moiens
De lucresse eschauffer tout jusques au bout
Du feu d'amours l'embraser ce retiens
Pour qu'elle fust de semblables liens
Estroitement liee car honte estoit
Que brulasse et qu'elle ne sentist riens

De l'angoisse que mon cueur enduroit

Anxietas animi me die noctuque mirum in modum cruciabat &c.

De jour et nuyt triste et langoureux
Ay longuement esté sans hors aller
Finablement a mon mal douloureux
Ay quelque fin trouvé par travailler
Car j'ay tant fait par venir et aller
Continuant mon labeur et emprinse
Qu'elle a esté et est au paraler
Du feu d'amours comme je suis esprinse

Illa incensa est ego ardeo &c

Elle brusle et je ars n'en doubte point
Nous perissons remede ne trouvon
De nos vies alonger sur ce point
Mourir convient se reconfort n'avons
Si de partoy nous n'avons guerison
Aide et secours il est faict de nos vies
A ce besoing te supplie que soyon
Brief secourus sans ce que en rien denyes

Vir custodit & frater &c.

Menelaus son mary et son frere
De si trespres la gardent sans doubtance
Que le dragon la toison d'or tant chere
Ne gardoit pas par si grant vigilance
Ne cerbere par si grant diligence
Ne garde point des palus infernaulx
L'entree comme faict par sa folle cuidance
De lucresse le mary pas & saulx

Novi ego familiam vestram

Je congnois bien et voy vostre famille
Qu'estes nobles premiers de la cité
Riches aymés des plus grans de la ville
Et puis qu'il fault que die verité
Advenu fust a la mienne voulenté
Que lucresse jamais n'eusse congneue
Point ne fusse par amours supplanté
Prins ne vaincu c'est chose clere & sceue

Si quis est qui possit resistere fatis

Mais qui est cil qui peut sa destinee
Et fortune par moyens eviter
Je ne l'ay point eleue ains destinee
Par fortune m'a esté sans doubter
Qui de l'aymer m'est venu exorter
La chose ainsi est allee par fortune
Nostre fait est couvert mais mal porter
Tout se pourroit/ se joye n'avons aucune

Nisi bene regatur magnum quod &c

Se nostre amour n'est bien a droit conduit
Il en pourroit grant scandale venir
Ce dieu vueille avertir qui produit
Toutes choses selon son bon plaisir
Quant est de moy se je vouloye choisir
Et mieulx avoir d'icy partir que attendre
Je pourrois bien tout en paix a loisir
Mon grief mechief apaiser sans mesprendre

Quod quamquam esset mihi gravissimum

Et ja soit ce que ce tresgrief me fust
Fort a porter & de grant desplaisance
Ce neant moins pour que toute honneur eust
Vostre maison je feroie diligence
De moy vuider pour vostre bien veillance
Entretenir se aucun prouffit voioye
Mais je congnois qu'elle brulle a oultrance
Et que mon temps aussi labour perdroie

An me sequeretur aut manere &c
Car aprés moy toute seule viendroit
Ou se seulle close estoit et tenue
De sa propre main el se occiroit
Dont scandale sortiroit par la rue
A deshonneur perpetuel venue
Elle seroit et tout vostre lignage
Ta personne ay pour ce convenue
Au grant prouffit de vous et avantage

Nec alia via nisi ut amoris nostri et cetera
Trouvons moyen de obvier a ces maulx
Cy par devant recités c'est le mieulx
Remede aucun n'y voy fors que loyaulx
De nostre amour conducteur & songneux
Nous te mettons que sur tous en tous lieux
Secret tiennes nostre amour par long temps
Dissimulé: de ce soies curieux
Nous ferons tant que tu seras contens

Ego me tibi commendo &c
A toy du tout me rens aussi commande

Donne & voue sans jamés departir
A nostre amour et fureur si tresgrande
Vueilles ung peu de ta grace impartir
Par ton labeur fay que puissons sentir
La grand ardeur estre en nous moderee
Qui plus croistroit se on vouloit dissentir
Ou empescher qu'elle ne fust temperee

Cura ut simul convenire possimus
Fay nous tous deux ensemble convenir
Tantost l'ardeur de nous se humiliera
Et nous verras en santé revenir
Tollerable lors nostre ardeur sera
Tous les secretz de l'ostel ça et la
Te sont congneuz entrees et pertuis
Tu scés aussi quant ce mary hors va
Quant a l'ostel il est ou devant l'uis

Scis quando me vales introducere
Tu scés assés l'eure que tu pourras
En la maison moy mettre & introduire
Pour ce frere sagement gueteras
Car il sera tousjours prest de te nuyre
Si pertinax est com j'ay ouy dire
Au guet faire sur le fait de lucresse
Que a toute heure sur elle veiller tire
Com s'el estoit sa seur point n'a de cesse

Universa lucretie verba &c
Les parolles de lucresse & les faictz
Considere aussi sa contenance

Se elle gemist/ crache ou toust les effaictz
De ce poise ce frere a la balance
C'est mon avis que a grande diligence
Devons mettre peine a le decevoir
Ce ne pourroit sans ta bonne prudence
Estre parfaict com je puis concevoir

Assis ergo et quando abfuturus sit
Soies doncques diligent et songneux
De regarder quant ce mary ira
Dehors que me faces joyeux
En me boutant leans la ou te plaira
Et le frere qui demouré sera
Destourneras a part te donnant garde
Que autres gardes ne boute ça ou la
Il te croira sans que a rien prenne garde

Et quod dii sapiunt hanc tibi provinciam fortasse committet &c
Et peut estre ce que veullent les dieux
Que la charge de ce te baillera
Se tu la prens & puis que sur les lieux
Tu me treuves tout a seurté sera
Car tant comme chascun leans dormira
Tu me pourras secretement loger
En quelque lieu ainsi que avisera
Ta prudence pour mon mal mitiger

Ex his quot emergant utilitates arbitror &c.
Et quans prouffis pourront de ce venir
Je espoire assés que ton sens et prudence
Pevent en appert ce voir & bien choisir

Car c'est chose qui est en evidence
De ta maison l'onneur par sapience
Tu garderas & l'infamie hors mise
Qui couverte est n'aura quelque apparence
Ta cousine sera en vie soustinse

Menelao uxorem custodies
Menelaus sa femme retiendra
Par ces moyens ne si fort dommageux
Ne lui sera quant bien on l'entendra
Que je qui suis de lucresse amoureux
Puisse au desceu de tous les faulx jaleux
Avec elle coucher par une nuyt
Que qu'el coure par amour furieux
Au veu de tous aprés moy faisant bruyt

Quidsi me domi nobilem atque potentem &c
En me suivant perdroit tout son honneur
Car se aprés moy qui suis noble & puissant
Venir vouloit pour sa grande chaleur
Refrigerer jusques chiés moy suyvant
Quel deshonneur auroit le triumphant
Renom de tout vostre noble lignage
Le peuple yroit de ce tresfort riant
De autre chose on ne feroit langage

Nedum vestra sed tocius urbis infamia & cetera
Et ne viendroit pas cela seulement
Au deshonneur des parens amis
Mais a note perpetuelement
De la cité ainsi que m'est avis

D'infamie a tousjours seroit mis
Quelque chapeau que oster on ne pourroit
A ces causes pour que tout soit remis
A nostre amour obtemperer on doit

Diceret forsan aliquis &c
Aucun pourroit par aventure dire
Que mieulx vauldroit tuer par ferrement
Ceste femme ou par venin lui nuyre
En l'estaingnant assés secretement
Que permettre qu'el face aucunement
Chose qui soit infame ou impudique
Car on pourra assés legierement
La despescher sans macule publique

Sed ve illi qui se humano sanguine polluit &c.
Mais tout mal eur & malediction
Vienne sur cil qui ses mains souillera
En sang humain par vindicacion
Et pour moindre peché que aucun fera
Par trop plus grand vengence requerra
On doit les maulx apetisser non croistre
Le chascun scet qui bien regardera
Faire ce doit tant ou siecle qu'en cloistre

Nos hoc scimus ex duobus bonis melius eligendum
Et bien savons que devons des deux biens
Celui qui est plus excellent eslire
De mal et bien par bons & sains moyens
Le bien choisir: le mal laisser & fuyre
Mes de deux maulx celui qui peut moins nuire

Prendre devons: danger par tout y a
Ce neantmoins la voie que monstre a suyvre
Moins de peril aux amans portera

Per quid medium sanguini tuo consules & cetera
Par ce moyen non pas a ton lignage
Porter prouffit seulement tu pourras
Avecques ce me feras avantage
Et grant prouffit que pas tu ne perdras
Car crucié je suis n'en doubte pas
Quant je apperçoy que pour cause de moy
Lucresse meurt sans plaisir ne soulas
Aucun avoir de ce douldre me doy

Sed hic sumus eo deducta res est
Et en effect nous sommes la venus
Que si ton art et engin curieux
Ne gouverne la nef ou contenus
Sont les amans par moyen tressongneux
Espoir ne voy de salut si m'aid dieux
Nostre secours/ aide & reconfort
Est en tes mains situé se tu veulx
Pour nostre nef conduire & mettre a port

Juva igitur & illam et me tuamque domum &c
Aide nous donc elle & moy nous metton
Entre tes mains pour nostre fait conduire
De macule conserve ta maison
Fay que puissons nous esbatre & deduire
Que soie ingrat ne fault penser ou dire
Tu congnois bien la grande auctorité

Qu'ay en la court de cesar nostre sire
Ce n'est fable mais pure verité

Quicquid pecierim impetratum tibi efficiam
Tout ce de quoy requerre le vouldré
Pour et ou nom de toy sera parfait
Je te promés que tout bien absouldré
Je t'en baille ma foy c'est assés fait
Mais plus y a car par real effect
Je te feré conte palatin estre
Bien desservi te sera ton bien fait
On te verra en bien fleurir et croistre

Omnemque tuam posteritatem hoc titulo gavisuram &c
De ce tiltre conte palatin
A tousjoursmés jouyra ton lignage
Pour tant sur tout soit au soir ou au matin
Te recommand lucresse la tressage
Si fay je moy et oultre de avantage
Nostre loyal amour & bon renom
Aussi l'onneur de ton noble parage
En ta foy soit garde & protection

Tu arbiter es omnia hec in te sita sunt &c
De tout te fay juge/ arbitre & moyen
Tout est en toy tout peulx faire ou defaire
Je te supply par tout regarde bien
Tout peulx saulver ou perdre du contraire
Lors pandalus quant eut ouy l'affaire
D'eurialus a soubzrire se print
Quelque petit de pause voulut faire

Puis a parler ce que ensuit entreprint

Comment pandalus respondit a eurialus fort joyeux de ce qu'il devoit estre conte et comment lui promist les assembler lui et lucresse

Noram hec euriale dixit et utinam non accidissent

Euriale dist pandalus je avoie
Bien entendu des pieça cest amour
Et te promet et jure que vouldroie
Que ce ne fust avenu quelque jour
Mais ainsi qu'as recité sans sejour
La chose est ja en tel train parvenue
Qu'il me convient trouver façon & tour
D'acomplir ce qu'as dit d'une venue

Nisi et nostrum genus effici contumeliis &c.

Necessité de ton vouloir parfaire
Si me contrainct se ne vueil mon lignage
Estre a jamais infame sans retraire
Et d'infamie estre mis au servage
Contumelies/ scandales davantage
De la venir pourroient bien je l'entens
Maulx infinis en viendroient c'est l'usage
Ce que eviter a mon povoir pretens

Ardet mulier sicut dixisti

Je congnois bien que lucresse est brulee
Du feu d'amours ainsi qu'as recité
Elle n'est point de soy dame trouvee
Se el n'a secours je croy en verité
Qu'el se occira par grand crudelité

De aucun glaive ou quel se jettera
Des fenestres embas se humanité
Ne la secourt bien brief tout gastera

Nec vite sibi nec honoris est cura
De sa vie el n'a cure ne soing
De son honneur encor moins on le voit
Evidemment: son grief mal et besoing
M'a descouvert autant qu'as cy endroit
J'ay resisté: & la cuidoie au droit
Sentier tousjours ramener & reduire
En l'increpant ainsi que droit vouloit
Mais son propos elle veult tousjours suyre

Lenire flammam studui &c.
J'ay essaié par moyens et tendu
A refroider sa grant chaleur extreme
Mais de certain j'ay en vain pretendu
Et sur ce point ay failly a mon esme
Pale/ foible devenue est et blesme
Tout desprise vivant en grand esmoy
Il n'est sirop/ brevage ne cyroisme
Qui reconfort lui donne fors que toy

Tu illi semper in mente sedes
Tousjours tu es en son courage escript
Mis & posé tousjours el te demande
Toy desirant comme paint et inscript
Seul sans autre en son cueur de tresgrande
Affection elle veult que je pretende
La guerison de son mal importable

A l'une fois m'appelle puis commande
Mais tousjours fait de toy quelque notable

Audi precor euriale sic mulier ex amore mutata est &c.
Euriale escoute je te prie
Ceste femme est par amour changee
En tel façon que on peut je t'affie
Dire qu'elle est muee et estrangee
D'une façon en l'autre transmuee
Ha grant pitié & grant douleur me tient
Quant sa vertu ainsi voy commuee
De bien en mal: de rien ne me souvient

Nulla in urbe tota vel castior vel prudentior
En la cité n'avoit plus chaste femme
Plus prudente sans doubte que lucresse
Que nature si excellente dame
Au dieu d'amours a vertu et prouesse
Si grandz donné que soudain sans peresse
Peut es pensees des humains resider
C'est merveille: grant puissance & noblesse
Lui a donné pour plus hault presider

Medendum est huic egritudini &c.
A ce grief mal convient trouver secours
Combien que autre remede je n'y voy
Que celluy que as trouvé c'est le recours
Mon plain devoir en ce cas je feray
Quant il sera temps je te appelleray
Grace ne vueil salaire ne loyer
De homme de bien l'office com je croy

N'est salaire prendre sans meriter

Ego ut vitem infamiam &c

Mais a la fin que je puisse eviter

L'infamie que sur nostre famille

Pourroit tumber vueil experimenter

Bon remede par voye assés subtille

Et s'il avient que ce te soit utille

Pour ce ne vueil quelque loyer avoir

Il me suffist que par façon abille

Puisse a vos maulx ainsi que entens pourvoir

Comment eurialus de rechief promet a pandalus le faire conte palatin

At eurialus inquit

Eurialus respondit a pandale

Voy cy le bien et grace que en auras

Car quoy que soit qui qu'en sermonne ou parle

Conte/ soys seur palatin tu seras

Se tu me crois pas ne refuseras

La dignité car elle est belle et haulte

Tousjours de plus en plus te esleveras

Mais je te pry que a ce fait cy n'ait faulte

Comme pandalus faint ne vouloir estre conte par office de macreau mais bien par autre moien se possible estoit

Non sperno inquit pandalus &c.

Lors pandalus a euriale dist

La dignité je ne vueil reffuser

Mais bien vouldroys que ce pas ne venist

Par ce moien s'on povoit aviser

Liberaument que on la me peust donner
Sans quelque esgard avoir a ce fait cy
Je ne vouldrois honneur habandonner
Ce que ferois quant il seroit ainsi

Si potuisset hoc te nesciente &c

Se estre povoit que j'eusse a ton deceu
Par mon labeur et diligence faict
Que tu eusses sans en avoir rien sceu
De lucresse tant a ton plaisir faict
Plus voulentiers eusse le tout parfaict
Ce neantmoins le possible feray
En faisant tant que joyeux et refait
Te trouveras sur ce a dieu te diray

Et tu vale retulit eurialus &c

Eurialus dist a dieu de sa part
Telz parolles a pandalus disant
Puis que tu m'as par ta science et art
Le courage rendu fay en faignant
Treuve moiens en bien dissimulant
Que nous soions assemblés et unis
En quelque lieu ne soies delayant
De lucresse me bailler vis a vis

Pandalus letus abiit quod tanti viri gratiam invenisset

Pandalus lors a euriale dist
Ne te soucye car joyeux tu seras
Grande joye en son cueur est et gist
Disant a soy de quoy te soucieras
Puis que l'amour d'ung si grant homme as

Il esperoit conte palatin estre
Plus desirant ce avoir n'en doubtés pas
Que moins semblant monstroit le vouloir estre

L'acteur parle de aucuns hommes qui ont nature feminine

Sunt enim homines quidam ut mulieres &c.

Aucuns hommes sont aux femmes parelz
Lesquelles ont telle condicion
Quant on leur dit plaisir faire veilles
Elles en feront lors denegation
Mais c'est a lors qu'ilz ont devocion
De parfaire ce dont elles sont requises
De pandalus tel fut l'afection
Par manieres et faintises exquises

Hic lenocinii mercedem sortitus est et cetera.

Pandalus eut de macreau le salaire
Bien tost aprés fut conte palatin
De noblesse pour mieulx le tout parfaire
Les ornemens receut a ung matin
Ce fut assés tiré pour ung hutin
Sa lignee en est magnifiee
Portant habis de veloux et satin
Aux plus nobles par tout parifiee

L'acteur monstre qu'il y a plusieurs manieres de noblesses et dont elle est venue et que elle a eu originelle naissance de peché quant a plusieurs ainsi qu'il apert de pandalus et que pour les biens mondains homme ne doit estre dit noble

In nobilitate multi sunt gradus

En noblesse plusieurs degrés y a

Et qui vouldroit de noblesse querir
L'originel naissance on trouvera
Comme je croy se on veult bien enquerir
Que on ne sauroit trouver ne requerir
Noblesse tant soit vieille de parage
Au moins bien peu que on ne treuve venir
Et proceder de peché ou de oultrage

Cum enim hos dici nobiles videamus & cetera
Et comme ainsi soit que nobles tenons
Ceulx qui les biens du monde ont a monceaulx
Et que a tart les vertus nous voions
De richesses compaignes que dirons
De noblesse la principe pourrons
Estre en tous lieux veu tresadulterin
Degenerant de vertu/ ce povons
Par chascun jour voir au soir & matin

Hunc usure ditaverunt illum &c
Par usures est l'un devenu noble
Riche et puissant et l'autre par pillage
Et par traisons et poison tresinnoble
Par flateries pathelins coquillage
Adulteres macrelleries bagage
Par bien mentir et toutes voies obliques
De la viennent a plusieurs avantage
Noblesse estas et par autres trafiques

Quidam faciunt ex conjuge questum &c.
Et les autres de leurs femmes houliers
Sont pour avoir richesses sophistiques

De leurs filles le sont a grans milliers
Plus que bourreaux infaitz par telz pratiques
Et les autres leurs atins et apliques
Pour les aucuns occire ont tendus
Charchans avoir richesses redupliques
Par faulx moiens par la loy deffendus

Rarus est qui juste divicias congreget &c
On trouveroit a peine homs qui peust
Grans richesses justement assembler
Et ne vit on oncques faucheurs qui eust
Faulx tresample que pour tout arrabler
Toutes herbes recueillir et trencher
Grans richesses assemblent les mondains
Sans d'ou viennent penser ne regarder
Fors au nombre/ se sont les communs trains

Omnibus hic versus placet unde habeas querit nemo
A toutes gens est plaisant ce vers cy
Dont tu ayes nul fait question
Avoir convient de ce ont peine & soucy
Par pillerie ou faulse paction
Ilz boutent hors loy/ foy/ devocion
Pour amasser et devenir puissans
Quant de ducas auront plaine maison
Nobles seront riches & triumphans

Que sic quesita nil est aliud quam premium iniquitatis &c.
Mais noblesse par ces moiens aquise
Est le loier de leur iniquité
Et se tout bien je remembre et avise

Mais ancesseurs ont de nobilité
Nom et armes de long temps aporté
Pour ce esparner eulx ne moy ne vouldroye
Je ne les croy meilleurs avoir esté
Que les autres quelque excuse qu'i voye

Sola excusabat antiquitas quia non sunt in memoria
Antiquité seulement les pourroit
Aucunement excuser pour qui sont
Hors memoire de plusieurs on le voit
Car on ne scet dont telle noblesse ont
Voycy de ce mon opinion donc
Nul n'est noble s'il n'aime les vertus
Le plus noble de sang les pechés font
Devoir estre villain dit et sentus

Non miror aureas vestes equos &c
Je ne loue vestemens d'or ne chiens
Ne grans chevaux ne de servans grant suite
Les grans convis garnis de mes & biens
Les haulx palais villes ou l'en habite
Fermes/ estangs/ haulte moyenne justice
Parcs/ et forests/ garennes ne prairies
Puis que homme fol les peut par injustice
Toutes avoir par ses grans pilleries

Quem si quis nobilem dixerit ipse fiet stultus
Et se aucun dit que tel est noble & digne
Je vous promet que cil qui ce dira
Doit & sera reputé fol indigne
Par cil qui bien la verité visera

Nostre mignon pandalus en fera
A tous la foy qui par son macrelage
Fut conte faict par ce bien infera
Que fol estoit devenu et peu sage

L'acteur retourne a sa matiere principale et monstre comment pandalus emprunta la haquenee d'eurialus pour menelaus qui alloit dehors

Non multis post diebus &c.

Bien peu de temps aprés ce que dit est
Les laboureurs et fermiers du mary
De lucresse eurent quelque interest
Noises debas menelaus marry
Fut grandement en son cueur espeury
Car on luy dist que aprés boire ilz avoient
Quelque un d'entre eulx navré tué murtry
Aller convient veoir comme ilz le faisoient

Opusque fuit ad res componendas menelaum proficisci

Et pour iceulx apaiser fut besoing
Que ce mary menelaus allast
Par devers eulx car de ce avoit soing
Lucresse lors comme se bien soignast
De la santé du mary et pensast
Le captiver luy a dit qu'il estoit
Grave foible que cheval qui trotast
Dorenavant pas bon ne luy seroit

Gradarium aliquem recipe commodatum &c.

Elle luy dist mon amy empruntés
Pour aller hors aucune hacquenee

Aux assistens il dist par tout sentés
Et que aucune me soit tost empruntee
Pandalus dist je croy que en la contree
On ne pourroit meilleure recouvrer
Pour doulx aller mieux passant ne acoutree
Que une que ay veu a eurial mener

Si me vis petere pete inquit menelaus &c.

Et si te plaist je la te emprunteré
Menelaus respond que c'est bien dit
Eurialus ne dist pas non feré
Ains commanda que plus tost fait que dit
On amenast sans quelque contredit
La haquenee signe de joye receut
Car a par soy secretement a dit
La besongne mieulx avenir ne peut

Tu meum equum ascendes menelae ego tuam uxorem equitabo &c

Menelaus ce plaisir bien te vueil
Sur ma beste com je voy monteras
Mais qui que en ait despit feste ne dueil
Ainsi que mon cheval chevaucheras
En ta maison quant parti tu seras
Ta lucresse pour toy chevaucheré
De ce marry estre ne deveras
Ce que ne peus parfaire acheveré

Comment aprés que menelaus fut parti Eurialus fut jusques a mienuyt a l'uys de lucresse & ne povoit entrer pour le frere de menelaus qui ne vouloit aller dormir jasoit ce que pandalus de ce le causast

Conventum erat ut noctis ad horam quintam in vico &c.

Apointé fut que eurialus vendroit
A cinq heures en la rue devant l'uys
Se pandalus chanter lors il oyoit
Signe seroit qu'il auroit bonnes nuys
Menelaus estoit desja partis
Les tenebres de la nuyt aprochoient
Du ciel c'estoient les clertés departis
Par les rues peu de gens tournoient

Mulier in cubili tempus manebat

Lucresse estoit sur son lit attendant
Que son amy eurialus venist
Qui devant l'uys estoit ja tournoiant
Et ne faisoit que atendre que on luy fist
Le signe ainsi que pandalus predist
Chanter ne ouoyt ne cracher l'expectant
L'eure passoit achates lors luy dist
Alon nous en de toy se vont gabant

Durum erat amanti recedere &c.

Il estoit dur de partir a l'amant
Et maintenant il charchoit une cause
De demourer l'autre cause querant
Il delayoit le partir faisant pause
Car de chançon ne oyoit verset ne clause
Pour pandalus qui le frere doubtoit
De ce mary tenant la maison close
Entierement sur lucresse guettoit

Omnes aditus scrutabatur ne quid insidiarum fieret noctem trahebat insomnem &c.

Les entrees/ portes/ fenestres/ huys

Tenoit serrees ce frere sans doubtance
De regarder par tout il estoit duys
La nuyt passoit sans dormir par plaisance
Quelque labeur qu'endurast ou souffrance
Ne lui chaloit mais que bon guet il fist
De ce avoit pandalus desplaisance
Qui par couroux telz parolles lui dist

Comment pandalus remonstre au frere de menelaus qu'il est heure de aler coucher affin que eurialus entrast

Nunquam ne hac nocte cubitum ibimus
Nous yrons jamais en ceste nuyt
Coucher vecy trop veillé se me semble
L'eure passe il est aprés minuyt
Dormir me prent tant que mort je semble
Quant j'ay pensé toutes choses ensemble
D'une chose me vois esmerveillant
Que a ung viellart ta nature ressemble
Et si es tu jeune et gentil galant

Quibus siccitas somnum auffert nunquam dormiunt
Les vieilles gens esquelz humeur default
Dormir ne pevent trop consumé en eulx
Est radical humeur doubter n'en fault
Quant vient le jour lors sont fort sommilleux
Quant on se doit lever ilz cloent les yeulx
Dormir veulent c'est leur propre nature
Trop ressembler ainsi que voy leur vieux
Contre raison pas n'est ta nourriture

Eamus tum dormitum &c.

Alons doncques dormir je te supplie
Que valent tant de vigiles et soings
Lors le frere lui dist puis qu'il t'ennuye
Alons coucher mais premier est besoings
Que les portes de verroulx & de coings
Soient barrees pour que mauvais larrons
Ne surviennent mettre y convient les poings
Et puis aprés coucher nous en yrons

Comment le frere de menelaus barroit les portes en la presence de pandalus

Veniensque ad ostium nunc &c
A la porte tout droit il s'en ala
L'une et l'autre serreure mist apoint
Et la barre de l'uys il abilla
Une barre de fer vit sur ce point
Que a grant peine deux homes en pourpoint
Eusse levé: de ce barrer vouloit
L'uys ja soit que on ne l'en barrast point
Ou paravant fermer il l'en cuidoit

Quod postquam admovere non potuit juva me inquit pandale &c
Mais quant il vit que trop pesant estoit
Et que lever de terre ne la peut
A pandalus dist que s'il lui plaisoit
Il lui voulsist aider mais il ne veult
Eurialus tout cela oyt et sceut
Disant c'est fait se la barre est levee
De paour qu'il a le cueur lui tremble et deult
Car la porte trop eust esté clouee

Tum pandalus quid tu paras &c
Lors pandalus lui dist: que veulx tu faire
Il peut sembler que on te veult assiger
De tant barrer n'est chose necessaire
Car en cité sommes ou n'a danger
Qui te viendra en ce lieu oultrager
Ou nous avons paix/ repos a plaisance
Nostre ennemy florentin deloger
Ne te viendra: loing fait sa residence

Si fures times sat clausum est &c
Et se tu crains les larrons trop est l'uis
Barré aussi si les ennemis sont
En la ville faire chose ne puis
Qui te puisse saulver ilz te prendront
En la maison barriere froisseront
Si sage es l'uis ainsi laisseras
Quant de ma part les barres demourront
Aide de moy sur ce aucune ne auras

Quia scapulas doleo & cetera
Les espaules me deulent griefvement
Et suis rompu du bas pour quoy ne puis
Chose lever ne moy aucunement
A fais porter efforcer dont je suis
Tresdesplaisant et se jamais cest huis
On ne povoit barrer tant que de moy
Ce gros barreau de fer y fust assis
Tousjours ainsi demourroit par ma foy

Comment le frere de menelaus mary de lucresse se ala coucher: & lucresse mist eurialus en la maison a grant peine

Vah satis est inquit dormitumque cessit
Fy de telz gens dist ce frere a pandale
De la tout droit dormir il s'en ala
Eurialus qui morfondu et pale
Sur le pavé estoit ne se bouga
Ains dist de vray que une heure la sera
Pour escouter se aucun ouvrira l'uys
Son compaignon a qui moult ennuya
Le mauldisoit tout bas et vis a vis

Nec diu mansum est cum per rimulam visa est lucressia
Et ne tarda pas longuement aprés
Que eurialus par la fente de l'uys
Vit lucresse qui s'approcha plus pres
Au devant vint comme entendre je puis
A travers l'uys lui a dit bonnes nuys
Vous envoit dieu ma doulce amie lucresse
Espantee fut de fuir eut avis
Puis s'appensa de demander qui esse

Eurialus tuus inquit aperi mea voluptas &c
Eurialus a sa dame & maistresse
Lors respondit c'est vostre amy loyal
Eurialus: mon cueur et ma liesse
Ouvrés moy l'uis j'ay esté cy aval
Sur le pavé toute nuyt ou moint mal
Froit et douleur ay souffert sur mon ame
Ouvrés moy l'uis par vouloir cordial

Je vous requier & supplie ma dame

Agnovit lucressia vocem &c.

Lucresse bien la voix de son amant
Lors entendit mais doubtant la faintise
El n'osa pas son huis ouvrir devant
Que secretes enseignes el avise
Aux deux amans congneues selon leur guise
A grant labeur les serreures ouvrit
Toute vertu/ sens & puissance a mise
A deffermer ce que l'autre clouit

Sed quia plurima ferramenta &c

Mais pour ce que les portes si estoient
De plusieurs gros ferremens touroullees
Et que les mains fermement n'avoient
Pas puissance: des choses bien serrees
A plain ouvrir elz furent deserrees
A demy pié d'ouverture ou viron
A lucresse furent lors conferees
Doubles vertus pour loger son mignon

Nec hoc ait eurialus obstabit &c.

Quant eurial apperceut l'ouverture
Qui estroicte et peu patente estoit
Dist je mettray mon corps a l'aventure
Et en entrant il mist son costé droit
Son corps gresle/ gent et mignon estoit
Mais de trop plus le fist gresle et habile
Dedens entra amours lors lui aidoit
A vrais amans n'est chose difficile

Comment lucresse se pasma et evannouyt entre les bras de eurialus des douleurs & plaintes qu'elle fist

Mulierem medium amplexatus est.

Il embrassa tresamoureusement
Sa plaisance/ sa dame et sa liesse
Dehors se tint achates longuement
Faisant le guet qui moult au cueur le blesse
Entre les bras d'eurialus lucresse
Fust de crainte ou de joye se pasma
Elle devint presque morte en la place
Pale/ blesme sans parler demoura

Oculis clausis similis mortue per omnia videbatur &c

Les yeulx avoit clos la plaisant lucresse
Et de tout point a morte ressembloit
Et n'y avoit de vie quelque adresse
Fors la chaleur et le poulx qui mouvoit
Eurialus qui ainsi la tenoit
Tout espanté fut du cas de fortune
Et ne savoit que faire lors pourroit
Il povoit bien adonc conter pour une

Si abeo inquit mortis sum reus

Se je m'en fuy disoit il on dira
Que de sa mort seray cause et diront
Qu'en tel peril nul ne contredira
Ne la devois laisser c'est ung mot ront
Se je arreste les varlés qui ceans sont
Me trouveront je suis de toutes pars
Triste & perplex scandale me feront

Je periray par coups d'espee ou dars

Comment eurialus fait invective contre amours

Heu amor infelix qui plus fellis quam mellis habes &c.

Ha fol amour tant tu es maleureux
Plus as d'amer fiel que de doulceur
L'absince n'est si amer si m'aist dieux
Comme tu es trop m'as fait de rigueur
En quans perilz & dangiers par foleur
M'as tu ja mis et offert en mains lieux
Et a quantes manieres par fureur
De mort m'as tu livré jeunes & vieulx

Hoc nunc restabat ut meis brachiis feminam examinares

Se seulement respit comme j'entens
Que entre mes bras rendisses pale & morte
Celle de qui toute ma joye j'atens
Que ne m'as tu occis devant la porte
Plus tost que ainsi par tresestrange sorte
Tout mon plaisir et joye esvanouir
Ou a beste cruele dure et forte
Comme ung lion livré pour moy gloutir

Heu quam optabilis erat in huius me potius gremio

J'eusse de trop plus voulentiers amé
En son giron mourir et trespasser
Que son gent corps entre mes bras pasmé
Fust en ce point pour ceste vie laisser
Amour vainquit l'amant car delaisser
Ne la voulust quelque dangier qu'il vist
Mieulx eust amé de ceste vie passer

Que abandonner celle ou tout son cueur gist

Elevans altius corpus atque desosculatus madidus lacrimis &c.
Il la levoit sur bout a sa puissance
En la baisant de lermes l'arousoit
Et lui disoit mon bien ma souvenance
Tout mon plaisir ce que dire on pourroit
Ou estes vous ouvrés icy endroit
Vos oreilles que ne respondés vous
Que ne ouyés vous ce que mon cueur conçoit
De deul & pleurs tout pour l'amour de vous

Aperi oculos obsecro meque respice & cetera
Ouvre les yeulx regarde ton amant
Ma volupté ma plaisance ma joye
Je te supply regarde moy devant
Que je meure se ainsi est que je doie
Mourir icy avec toy que je soye
D'un ris tout seul de ta bouche esjouy
D'un petit ris tel que avoir le souloie
Devant ma mort seré tout resjouy

Tuus hic assum eurialus &c.
C'est ton amy eurial qui cy est
Cil proprement qui te tient embrassee
Je me esmerveil ou ton cueur present est
De ainsi estre dois estre lassee
Helas mon cueur/ mon confort/ ma pensee
Es tu dehors ou si tu dors ainsi
Ou pourroy je te trouver si passee
Une fois es/ mourir me fauldra cy

Cur si mori volebas non monuisti
Se ainsi estoit que eusses ferme propos
De ainsi mourir et venir a la mort
Tu povois bien cela com je suppos
Me reveler affin que par accord
Je me feusse avec toy pour confort
A mort livré c'estoit ma destinee
Autre secours/ remede ne confort
N'eusse charché pour femme qui soit nee

Nisi me audis en jam latus meum aperiet gladius
Se tu ne veulx mes paroles ouir
De mon glaive bien fourby et trenchant
Le mien costé tu me verras ouvrir
Nous deux aurons une mort depeschant
Ha ma vie ma doulceur que ayme tant
Mes delices et ma seule esperance
Tout mon repos et mon bien accroissant
Mourras tu cy sans aucune allegance

Apperi oculos eleva caput nondum mortua es &c
Ouvre les yeulx leve le chief en hault
Pas encores n'es morte comme je croy
Je regarde que as le corps encores chault
Et que aspires l'air en tirant a toy
A quoy tient il que ne parles a moy
M'as tu mandé pour telle chere me faire
Sont ce les joyes que avecques toy reçoy
Me donras tu nuyt si aigre et contraire

Assurge oro requies mea &c

Mon seul repos lieve toy promptement
Et regarde ton loyal amoureux
Ton eurial et ton alegement
Qui te tient cy transi et douloureux
Quant eut ce dit un fleuve de ses yeulx
Abundamment de lermes descendit
Dessus le front de lucresse amoureux
Et les temples toutes moullees rendit

Comment lucresse retourna de pamaison et evennouyssement/ et des parolles qu'elle dist a eurialus

Quibus tanquam roseis aquis &c
Et tout ainsi que se on eust d'eaue rose
Front et temples arousé doulcement
Aussy comme en grief dormir enclose
Se resveilla et tresbenignement
Sur son amy elle getta son voyement
Helas dist elle mon amy quelle part
Puis je avoir esté si longuement
Comme si mort m'eust frapee de son dart

Cur me non potius obire sinisti
Que ne m'as tu icy laissé mourir
Entre tes bras ce m'eust esté plaisant
Bien euree on me auroit peu tenir
Se entre tes mains mon esperit languissant
Eusse rendu sans estre deloiant
Ains que fusse de avec moy departi
Car le depart me sera moult poingnant
Et ou glayve de la mort converti

Comment les deux amans se allerent coucher ensemble aprés la tribulacion dessusdicte et des parolles qu'ilz disoient l'ung a l'autre

Cum sic inviam fantur in thalamum pergunt & cetera

En devisant ainsi que dit avons
En la chambre monterent les amans
Et si eurent ainsi que nous croions
Autelle nuyt qu'eut paris bien visans
Quant helaine plaisant et jeune de ans
Es navires eut mise aussi posee
Du jeu d'amours les esbas conduisans
Furent autant et dura la nuytee

Tamque dulcis nox ista fuit &c

Et leur sembla la nuyt si amoureuse
Doulce et plaisant & chascun d'eux disoit
Que mars n'avoit point eu nuyt si eureuse
Avec venus com chascun d'eux avoit
Car eurial lucresse appelloit
Ganimedes et son doulx ypolite
Puis mon plaisant diomedes nommoit
Pour louenge d'amours tiltre et merite

Tu michi polixena eurialus referebat &c

Eurialus par semblable façon
Si lucresse polissene appelloit
Mon emylie ma venus de renom
Puis la bouche et les joes lui baisoit
Et ses beaux yeulx treslumineux louoit
Puis en levant parfois la couverture
Les beaux secretz que jamais veus n'avoit

Il contemploit par diligente cure

Plus dicebat invenio quam putarem
Puis il disoit je treuve plus de biens
En ce gent corps que on ne pourroit penser
Quant diane se le cas bien retiens
En fontaine se voulut abaisser
Et que anthion la vit illec baigner
Elle estoit lors telle se m'est avis
Plus beaux membres on ne sauroit trouver
Ne mieux fourmés plus blans ne plus cler vis

Jam redemi pericula &c
J'ay rachaté tous dangiers et perilz
Il n'est chose que pour toy ne souffrisse
O poictrine plus blanche que le lis
O mamelles tresplaisans ferme cuisse
A ceste fois je vous ay sans que on puisse
Moy empescher vous estes en mes mains
Corps et membres souffisans pour un prince
Et fust il duc ou roy tressouverains

Nunc mori sacius & cetera
Content serois de mourir & mieulx vault
En ceste joye si plaisant et nouvelle
Que d'attendre de fortune l'assault
Qui me pourroit calamité mortelle
Livrer aprés et de ma damoiselle
Et son gent corps prendre par quelque effort
Puis il disoit mon cueur ma jouvencelle
Vous tienge ou non ou se songe ainsi fort

Vera ne ista voluptas est et c

Est veritable ceste plaisance ou non
Ou si je suis hors moy ainsi ravy
Certes nenny ce n'est pas fiction
Je ne songe ne reve il est ainsi
O doulx baisers sans reproche ne fy
Doulx acolers morsures melliflues
Plus eureux n'est homme je vous affy
Que moy vivant marchant parmy les rues

Comment eurialus se complaignoit de la nuyt qui estoit trop courte il parloit a appollo et aurora

Sed heu quam veloces hore invida nox fingis &c

Las les heures sont trop briefves & courtes
Envieuse nuyt pour quoy t'en fuis tu
Sire appollo puis que es enfers te boutes
Arreste t'y pour quoy te hastes tu
Tes chevaulx n'ont quelque repos si tu
De repaistre ne leur donne loisir
Tousjours ilz ont le col au joul tendu
Arreste les s'il te vient a plaisir

Da michi noctem ut almene dedisti

Je te suppli donne moy telle nuit
Que tu donnas a la plaisant almene
Las aurore qui t'a faict si grant bruit
Que de titon le logis et demaine
As si soudain laissé ce m'est grant peine
Se autant plaisoie a titon que lucresse
Me plaist pour vray a trop plus longue alaine

Te dormirois comme dame et maistresse

Haud tam mane surgere te permitteret &c.

Si tresmatin lever ne te lerroit

Au pres de luy te tiendroit voulentiers

Oncques ne vy nuit quant a mon endroit

Qui si courte me semblast plus du tiers

Si ay je esté es contrees et sentiers

De bretaigne et de dacie aussi

A dieu pleust il que la nuyt trois quartiers

Eust encores je seroye sans soucy

Comment lucresse se complaignoit pareillement de la nuyt qui si tost passoit

Sic eurialus nec minora dicebat lucressia &c.

Eurialus ainsi se complaignoit

De la clerté du jour qu'il avisa

Et lucresse pas moins si n'en faisoit

Oncques ung seul baiser ne postposa

Ne parole ne obmist si bien visa

Qu'elle ne rendist a tout sa recompense

Se l'un estrainct l'autre aussy bien serra

Soy reposans quant sont las de la dance

Comment les amans se fortifioyent pour les esbas d'amours acomplir a la maniere de antheus filz de la terre

Sed ut antheus ex terra validior resurgebat &c

Mais tout ainsi que antheus se levoit

Plus fort aprés qu'il n'estoit par avant

Quant sur terre son corps couché avoit

Pareillement lucresse et son amant

A la jouste d'amours si tresavant

Fors et joyeux entre eulx se combatirent

Que si l'un est bien chault l'autre est suant

Ou fait d'amours leur devoir granment firent

Comment eurialus s'en ala & par plusieurs fois aprés s'amye lucresse vint veoir et visiter

Nocte peracta cum crines suos ex oceano &c.

Et la nuit estoit toute parfaicte

Quant aurore ses cheveulx esleva

De la grant mer/ pas ne fut imparfaicte

De deux amans la joye quant elle leva

Eurialus sur ce point s'en ala

Et peu de jours aprés trouva façon

Que ces esbas amoureux recouvra

Si metoit l'en gardes a grant foison

Sed oram superavit amor &c.

Mais amours tout vainquit et supera

Qui la voye trouva facilement

Par la quelle les amant assembla

Et les unit tresamiablement

Cesar voulut aler finablement

Vers eugene qui pape lors estoit

Car avec luy tresacordiablement

Par bonne paix consilié c'estoit

Comment lucresse sceut par quelques moyens que l'empereur s'en vouloit aler a romme ce que eurialus luy celoit dont elle fut desplaisante

Sentit hoc lucretia quid enim non sentit amor &c

Lucresse sceut assés tost l'entreprinse
Il n'est chose que amour bien n'aperçoive
Qui est celuy qui sauroit par faintise
Tromper amant que tantost ne conçoive
La fallace ou en cueur ne reçoive
Quelque signe de ce declaratif
Lucresse fist ains que mengusse ou boive
Lettres a son amant de cueur actif

Comment lucresse escript a eurialus qu'il luy veult celer son partement & les complaintes d'elle

Si posset animus meus irasci tibi
Se je povois contre toy me marrir
Et que mon cueur ce peust faire & courage
Je le ferois pour ung seul desplaisir
Que j'ay conceu present soie fole ou sage
C'est de ce cas par faintise ou oultrage
Dissimulé et teu ton partement
Mais mon esperit pour perte ne dommage
Ne te sauroit hair apertement

Amat te quam me magis spiritus meus & cetera
Las mon esperit plus que soy mesmes t'aime
Et ne se peut encontre toy mouvoir
Helas mon cueur que tant cheris & ame
Pour quoy m'as tu ainsi celé le voir
Du partement de cesar sans m'avoir
Premierement de ce fait avertie
En ce faisant eusse fait ton devoir
Dure sera pour moy la departie

Ne tu hic manebis scio &c

Je sçay assés que tu ne demourras
Pas derriere quant cesar partira
Las je te pry dy moy que tu feras
De moy lasse quant ainsi s'en ira
Que feray je qui reconfortera
Mon dolent cueur certes se tu me laisses
Deux jours entiers en vie ne sera
Soys en tout seur veu t'en foys & promesses

Per ergo has litteras meis lacrimis madidas

Je te supply par ces lettres qui sont
De mes larmes plaines et arousees
Par ta dextre et foy lesquelz m'ont
Ou paravant par toy esté baillees
Si aucun plaisir je t'ay fait es journees
Du temps passé et si aucunes doulceurs
As avec moy prinses ne recouvrees
Ays mercy de mes maleureux pleurs

Miserere infelicis amantis &c

Ayes mercy de la povre amoureuse
De tout mal eur et calamité plaine
Je ne requier chose trop ennuieuse
Que demeures mais avec toy me maines
Je faindré bien ung jour de la sepmaine
Que en betheleem hors ville aller vouldré
Une seule vieille que avec moy maine
Pour compaignie me faire je prendray

Assint illic duo vel tres famuli ex tuis & cetera

Fay tant que deux ou trois de tes servans
Soient la tous pres pour mon corps recueillir
Pas grant labeur n'y a savans
A rober ce qui aide a se ravir
Craindre ne fault deshonneur advenir
Le filz priam eut par ravissement
Helaine et si en fist a son plaisir
De leurs amours jouyrent longuement

Non injuriaberis viro meo is enim &c
A mon mary ne feras quelque injure
En ce faisant certain soit et asseur
Qu'il me perdra aussi bien ce te jure
Se me laisses la mort le fera seur
Car de ma main a bon ou mauvais eur
Je me occiray: j'en feray le depart
De mon mary et de moy c'est l'erreur
Ou me boutes se tu n'y prens egart

Sed noli tu esse crudelis &c.
Ne me vueilles estre si trescruel
Ne me laisser ainsi mourir seulete
Qui t'ay chery autant que ay fait mon oeil
Et plus que moy aymé c'est ma desserte
Se par toy suis ainsi laissee deserte
Lasche amoureux on te reputera
Emmaine moy soit a gaing ou a perte
Cela mon cueur du tout confortera

Comment eurialus escript lettres a lucresse consolatives des complaintes qu'elle faisoit par ses dessusdictes lettres

Ad hec eurialibus in hunc modum rescripsit. Celavi te mea lucressia

Eurialus aux lettres respondit
En la forme qui ensuyt cy aprés
Ma lucresse m'amour pas ne t'ay dit
Ains t'ay celé mon partir par exprés
Pour que devant que nous feussons tous pres
De deloger n'eusses affliction
Je congnois bien tous les meurs a peu pres
Trop te crucie sans moderacion

Nec cesar sic recedit ut non sit reversurus

Cesar ne va de ceste ville hors
Sans revenir icy retourneron
Quant de romme retonra suis recors
Doubter n'en fault que par cy passeron
C'est le chemin au moins pres ou viron
Pour retourner droit en nostre pays
Plus tost cent lieux de pays forvoyrion
De ce pour dieu si fort ne te esbays

Quodsi cesar aliam viam fecerit &c

Et se cesar prenoit autre chemin
Et que par cy ne voulsist retourner
Se je suis vif par le vouloir divin
Avecques toy m'en viendré sejourner
Ne me vueillent les dieux jamais donner
Grace d'entrer en ma terre et pays
Se ne revien vers toy sans delayer
Et deussé je du prince estre hays

Errabundoque similem me &c

Veullent les dieux que ne cesse d'errer
Et fourvoier sans tenir voie ne sente
Ainsi que fist ulixes ains que entrer
En son pays par dix ans se me absente
Si loing de toy pour bien avoir ne rente
Que ne viengne voir mes doulces amours
Respire donc ma mignonne tresgente
Laisse toutes afflictions et plours

~~*(Heu amor infelix qui plus fellis quam mellis habes &c.)*~~

Pren courage & tes vertus resume
Ne te maigris mais viz joyeusement
De toy ravir assés certes presume
Qu'il en viendroit grant inconvenient
Ce touteffois ferois je liement
Je ne sarois avoir plus grant plaisance
Que nous feussons continuellement
Ensemblement pour faire demourance

~~*(Hoc nunc restabat ut meis brachiis feminam examinares)*~~

Mes touteffois mieulx vault a ton honneur
Conseil donner que suyvir ma plaisance
A ce faire me oblige la valeur
Et la bonté de ta foy et constance
De laquelle m'as baillé alliance
Conseil te doy donner bon et loyal
Et a ton fait mettre tel pourveance
Qu'il n'en puisse advenir quelque mal

~~*(Heu quam optabilis erat in huius me potius gremio)*~~

Tu congnois bien que tu es noble dame

Et mariee en moult noble maison
On ne sauroit trouver plus belle femme
De ce par tout as le bruit & renom
Es ytalies ne vole pas ton nom
Tant seulement car les teutoniens
Et les boesmes font de toy mencion
En te louant et les panoniens

~~*(Elevans altius corpus atque desosculatus madidus lacrimis &c.)*~~

Tous les peuples des parties d'occident
Pareillement ceulx de septentrion
Font grant feste de toy ce est evident
Ilz congnoissent ta beaulté et renom
Se te ravis mencion ne faison
De mon honneur lequel contemneroie
Pour ton amour regardons ta maison
Et tes amis que je vilenneroie

Quibus doloribus matrem pungeres
De quelz douleurs seroit ta bonne mere
Pointe & navree cela consideron
Tant elle auroit au cueur douleur amere
Et puis de toy qu'on diroit avison
Par le monde quel parler quel blason
Seroit de toy on ne le saroit dire
Doubte ne fays car ce seroit raison
Qu'on ne parlast plus que on ne peut escrire

Ecce lucressiam que bruti conjuge castior & cetera
Vecy les motz que dire l'en pourroit
Voiez pour dieu ceste grande merveille

De lucresse que plus chaste on tenoit
Que de brutus la femme bonne & belle
Et meilleure que la sage et tresbelle
Penelope elle suyt ung ribault
Elle a son pays/ amys & parentelle
Abandonnés moult avoit le cul chault

Heu me quantus meror & cetera
Las que de deul aurois & desplaisir
Quant je oroye de toy telz sermons faire
Encor n'avons graces dieu que plaisir
Nostre amour est secret et de bon aire
Il n'est homme qui ne te vueille faire
Biens et honneur on te loue par tout
Se rapine de toy voulois parfaire
Et t'en mener je troubleroie tout

Nec unquam te laudata fuisti quantum vituperarent
Tu n'euz oncques bonnes louenges tant
Que tu aurois de blasme & vitupere
Mais or laissons le bon nom qui vault tant
Et avisons comment ce pourroit faire
Impossible seroit ne le fault taire
Que nous peussons de nostre amour user
Car a cesar service me fault faire
A toute heure ce ne puis refuser

Is me virum fecit potentem divitem &c
Cesar m'a fait homme riche & puissant
Je ne le puys ainsi abandonner
Sans ruine de mon estat: pourtant

Provision fault sur ce point donner
Se le laisse pour bien tout ordonner
Decentement tenir ne te pourroie
Si je me veil a court suyvre adonner
Licitement tenir ne te sauroie

Nulla quies esset omni die castra movemus &c
Tu n'aurois repos ne jour ny heure
Tousjours d'un lieu en l'autre remuon
Je ne vis onc a cesar tel demeure
Ne si longue en lieu ou nous feusson
Faire qu'il a cy faicte pour raison
De la guerre qui a ce l'a contrainct
Si me suyvois c'est la mode et façon
Pour publique femme gens te tiendroint

Unde quantum esset michi et tibi decoram et c
Avise bien quel deshonneur seroit
Autant pour toy que pour moy je te prie
Pour ces causes et raisons cy endroit
Treshumblement de bon cueur te supplie
Que tu vueilles ceste merancolie
Loing de ton cueur bouter hors & trop mieulx
A ton honneur conseiller sans folie
Par bon conseil & vouloir curieux

Alius fortassis amator aliter suadetur et cetera
Et peut estre que ung autre qui seroit
De toy autant amoureux que on peut dire
Ce conseil cy pas ne te donneroit
Mais te priroit grandement de le suyre

Pour qu'il usast de toy tandis que rire
Et passer temps avecques toy pourroit
Sans regarder qui peult aider ou nuyre
Fors seulement au plaisir qu'il auroit

Sed is non esset amator verus &c.
Mais tel amant ne seroit pas loyal
Ne vray amy quant plus tost ameroit
Sa volupté en conseillant tresmal
Que bon renom du quel ne lui chauldroit
Ma lucresse je te conseille droit
Et advertis de ce qu'est prouffitable
A tout honneur et salut cy endroit
Je te supply prens mon conseil notable

Mane hic rogo ne me dubita rediturum &c.
Demeure icy je te prie humblement
De mon retour ne fay quelque doubtance
Ce qui sera pour le gouvernement
Des etrusquins a faire j'ay fiance
Que l'empereur qui devant tous m'avance
Commission et charge me donra
Par tout mettre si bonne pourveance
Que de ton corps le mien joyeux sera

Dabo operam ut te frui &c
Je feray tant sans quelque dommage
Tu encores que a nostre aise rirons
A dieu te dis m'amie sur ce passage
Vy & me ayme quelque fois nous dirons
Autre chose mais de ce te prions

Que ne croies que moins brule que toy
Du feu d'amours car plus que toy ardons
A dieu te dy souvienne toy de moy

Comment lucresse fut consolee et acquiessa au conseil de eurialus qui sagement la conseilloit

Acquievit his mulier & imperata facturam rescripsit
Lucresse assés voulentiers acomplit
Ce que eurial lors rescript lui avoit
Et peu de jours aprés cesar partit
Vers romme ala: eurial le suyvoit
Quant a romme furent croire l'en doit
Que eurialus fut de fievre saisi
Qui durement nuyt et jour le vexoit
De amour ardoit et de la fievre aussi

Comme eurialus fut malade a romme aprés son partement et ne povoit guerir par quelque conseil de medecin

Cum jam vires amor extonnasset
Amour l'avoit d'ung costé fait si foible
Et la fievre tant pressé d'autre part
Que il estoit si deffaict et endable
Par les douleurs de mal qui brule & art
Que a peu s'en fault que l'ame ne part
Les medecins la vie ou corps lui tiennent
Par chascun jour cesar va celle part
Le visiter quelque affaires qui viennent

Comment eurialus fut revalidé si tost qu'il eut eu lettres de lucresse

Et quasi filium solabatur

Comme son filz reconforter l'aloit
Et de apolin toutes les medecines
Par curieux estude lui faisoit
Bailler: affin que de santé les signes
Peust recouvrer: mais oncques si tresdignes
Ne vaillables receptes ne trouva
Que les lettres de lucresse ou dignes
Et louables nouvelles recouvra

Lucressie scriptum quo viventem illam et sospitem cognovit & cetera
Car il congneut par les lettres a plain
Qu'elle vivoit & que estoit en bon point
Et de cela fut son mal pour certain
Diminué en tel façon et point
Que sur ses piés il revint si apoint
Qu'il fut present quant cesar sa couronne
Print et receut gent et coint
Fut par cesar fait qui tel honneur donne

Posthac cum cesar perusiam &c
Quant cesar fut de romme delogé
Et qu'eut tiré son chemin vers peruse
Eurialus estoit encores logé
En la cité de romme ou pas ne muse
Car il voulut la maladie incluse
Qui encores pas guerie n'estoit
Estre du tout hors mise sans cabuse
Moult bien savoit que aprés faire devoit

Comment eurialus aprés qu'il fut guery retourna a senes pour voir lucresse ainsi qu'il lui avoit promis

Exinde senas venit & cetera

Car de romme a senes se tira

Ja soit ce qu'il fust povre maigre & pale

Quant arrivé fut la moult desira

A lucresse parler en chambre ou sale

Il la peult voir mais la chose fut male

Car de parler moien trouver ne peut

Fortune ainsi les amoureux ravale

Joyeux les fait ou tristes quant elle veult

Comment ilz ne peurent parler ensemble que par lettres

Epistole plures utrinque misse sunt.

Plusieurs lettres furent faictes par eulx

Tant d'ung coté que d'autre escrivoient

D'eux enfuir il fut traicté entre eulx

Quant ilz virent que joindre ne povoient

Et par trois jours d'escrire ne cessoient

Puis eurial voyant que entrer ne peut

Avec lermes qui des yeulx lui couroient

Son partement faire savoir lui veult

Comment les deux amans eurent plus de deul a departir qu'il ne avoient eu de joye a converser ensemble

Nunquam tanta dulcedo in conversando &c

Oncques n'eurent les amans tant de joye

En conversant ensemble par amour

Qu'il receurent foy que doy saincte avoye

Au departir de tristesse et doulour

Lucresse estoit toute remplie de plour

Aux fenestres voyant son amoureux

Par les rues en moult piteux atour
Sur son cheval triste et calamiteux

Comment lucresse cheut pasmee quant elle eut perdu la veue de son amy qui s'en aloit

Oculos alter in alterum jecerat &c
L'un sur l'autre avoient getté les yeux
Se l'un ploroit l'autre n'estoit pas moins
De lermes plain de douleur sont tous deux
Si fort remplis angoissés et estraincts
Qu'il peut sembler que des sieges humains
Leur cueur se doit arracher & sortir
Plus aspre n'est le dart tresinhumains
De mort que fut des amans le partir

Comment la douleur que eurent les deux amans a departir semble estre plus grande que la douleur que aucun particulier a a mourir et les raisons de ce

Si quis de obitu quantus sit dolor ignorat & cetera
Se aucun ne scet quel peine on peut sentir
Quant de la mort viennent les durs assaux
Luy plaise un peu sans vouloir dissentir
Des deux amans les angoisses & maulx
Viser aussi les peines et travaulx
Que a departir eurent nos deux amans
Il trouvera se a juger je ne faulx
Qu'ilz souffrirent plus que mort endurans

Dolet animus in morte &c
La raison est bien clere a toutes gens
Car l'ame envis du corps veult departir

Pour qu'elle aime sans estre negligens
Ce corps mortel du quel ne veult sortir
Mais quant absent est l'esperit plus sentir
Ne peut le corps ne peine ne misere
Quant deux ames sont joinctes sans mentir
Plus au partir ont de peine et de haire

Tanto penosior est separatio quanto sensibilior est &c.
Et de tant est plus dur le departir
Que chascun des amans est plus sensible
Les deux amans avant leur departir
Ung seul esperit avoient indivisible
Et d'une ame par euvre perfectible
Estoient deux corps soustenus sans doubtance
Aristophon s'on veult en est credible
Qui ne le veult croire si face instance

Itaque non recebat animus ab animo
Par les moyens que j'ay recités cy
L'ame de l'un des amans ne laissoit
Pas l'autre ains se bien avise cy
Ung seul amour en deux trenché estoit
Ung cueur en deux parties se divisoit
L'une partie de l'ame si s'en va
L'autre pour vray d'ung coté demouroit
Et tous les sens de partement sont la

Et a seipsis discedere flebant
Au departir et aprés les corps ont
De deux amans pleurs douleur & misere
Ce que les corps de ceulx qui meurent n'ont

Dire donc fault c'est chose necessaire

Que plus eurent de grief mal & contraire

Les deux amans a leur departement

Que cil qui n'a que un corps qu'il puisse atraire

A mort sans plus endurer de tourment

Comment les deux amans aprés qu'ilz furent separés mouroient quasi subout

Non mansit in amantium faciebus &c.

En leur faces goute ne demoura

De sang/ lermes & pleurs pour sang avoient

En soy plaignant chascun d'eux soupira

Et d'estrois mors deux exemples donnoient

Qui seroient ceulx qui sauroient ou pourroient

Narrer penser ou escrire leurs deulz

Tous les vivans a ce ne souffiroient

S'ilz ne estoient en deul pareilz a eulx

Laudomia recedente protheselao

Laudomia pres que morte tumba

Quant elle vit partir prothelaee

Son doulx amy qui de aler proposa

Aux grans assaulx de troye tant reclamee

Quant de sa mort oyt la renommee

Elle ne peut plus vivre ne durer

Et dido eut piteuse destinee

Pour eneas soy voulant perimer

Porcia post bruti necem &c

Portia qui de brutus estoit femme

Ne voulut point vivre aprés son mary

Pareillement lucresse noble dame
Quant de eurial son gracieux amy
Eut la veue perdue je vous affy
Elle tumba sur la terre pasmee
Puis portee fut sur son lit bien garny
Tant qu'elle fust a soy mieulx retournee

Comment lucresse laissa tous ses riches habis aprés que eurialus fut parti et se vestit de deul et oncques puis ne chanta ne rist

Ut vero ad se rediit & cetera
Quant l'esperit lui fut bien revenu
Ses vestemens d'or et pourpre laissa
De liesse ne fut plus retenu
Quelque aornement car tout elle mussa
De vestemens de dueil tousjours usa
On ne la vit puis ne chanter ne rire
Par facessies et jeux on essaia
La consoler mais son dueil luy empire

Comment lucresse cheut au lit malade et trespassa entre les bras de sa mere par deplaisance de l'absence de son amy

Quo in statu dum aliquandiu perseveraret &c.
Ouquel estat quant eut perseveré
Par aucun temps el cheut au lit malade
Pour que son cueur d'elle estoit separé
On n'y trouvoit remede tant fust sade
Entre les bras sa mere triste & fade
En vain plorant son esperit el rendit
Le doulx jesus en ait l'ame en sa garde
Qui pour pecheurs hault en la croix pendit

Comment eurialus s'en ala vers l'empereur triste et merencolieux

Eurialus postquam ex oculis &c.

Eurialus triste et dolent s'en va
A personne de ses gens mot ne dist
A soy mesmes souventeffois pensa
S'il reviendroit jamais car tousjours gist
Dedans son cueur lucresse/ il ne fist
Tout le chemin point d'autre pensement
Jusques a ce que a cesar se rendist
A peruse ou se tint longuement

Quem deinde ferrariam mantuam &c

Eurialus de peruse suivit
Cesar jusques a ferrare et mantue
De tridente a constance courit
Jusques au palais de cesar se evertue
Avecques luy tira d'une venue
De hongrie jusques au pays des boesmes
Mais en son cueur lucresse contenue
Estoit tousjours plus que parens ne proesmes

Comment eurialus se vestit de deul aprés qu'il eut certaines nouvelles de la mort de lucresse

Sic enim lucressia sequebatur in somnis & cetera

Lucresse ainsi le suivoit en dormant
Comme il suyvoit cesar soiés certains
Et de repos n'avoit ne tant ne quant
Quant de sa mort eut lettres en ses mains
Com vray amant mena douleurs & plains

Robe de deul vestit sans confort prendre

Jusques a ce que cesar souverains

Une femme lui donna chaste et tendre

Comment eurialus espousa depuis une noble damoiselle par le commandement de l'empereur cesar

Formosam castissimam atque prudentem matrimonio junxit

Du sang estoit d'un noble duc venue

La plaisante pucelle espousa

Belle/ chaste et prudente tenue

Sage homs estoit: moult l'ama & prisa

Es oraisons qu'il faisoit tousjours a

De la bonne lucresse remembrance

Cil qui le corps a amé n'oublira

L'ame jamais s'il a bonne prudence

Le pape pie avant sa papaulté nommé enee silvie aucteur de ce livre pour la conclusion de son euvre dit a marianus auquel il le dirige

Mon cher amy marianus tu as

Icy la fin du livre des amans

L'amour n'en est fainct ne eureux se bien as

Par tout visé: ce te suis affermans

Qui ce livre liront s'ilz sont savans

Se garderont de choir en telz perilz

Le brevage d'amours ne soient bevans

Ou d'aloés plus que miel est mis

Le translateur

L'istoire que ay cy devant translatee

Se par bons sens on la veult digerer

Et qu'el ne soit qu'en bien interpretee
A personne ne veult mal suggerer
Toute vertu et bien veult ingerer
Peché fuyr et faitz pernicieux
Mais qui vouldroit son venin egerer
Le bien seroit rendu caligineux
Femmes de bien ne perdront a bien vivre
A fole amour ne s'abandonneront
Car il n'est vin si fort qui tant enyvre
Que fol amour bien icy le liront
Ceulx qui d'amours le train suyvir vouldront
Si se mirent au noble eurialus
De leurs dames l'onneur ilz garderont
Et si seront tous scandales tolus
Finis